Waltraud Kirschke · Das verlorene Wissen

Waltraud Kirschke

Das verlorene Wissen

Ein Märchen

lucy körner verlag

1. Auflage Oktober 1997

Postfach 11 06, 70701 Fellbach

Titelillustration: Heide Metzdorf
Herstellung: J. F. Steinkopf Druck GmbH, Stuttgart

ISBN 3-922028-26-8

URIYA

1

Die Lange Gasse war holperig, schmal und gar nicht so lang, wie ihr Name vermuten ließ. Kleine, alte Häuser standen hier, mit Dächern, die tief ins Gesicht gezogenen Zipfelmützen ähnelten, und mit Fassaden, die aussahen, als wären sie im Laufe der Jahre in sich zusammengesackt. Oft spazierten hier Fußgänger auf und ab, um die Häuser zu bewundern, die so eigentümlich alt und gemütlich wirkten, ganz anders als alle anderen Teile der großen grauen Stadt.

An diesem Abend regnete und stürmte es, und die Gasse war menschenleer bis auf einen Jungen mit wirrem Strubbelhaar und dunkelblauen Augen. Er mochte vielleicht neun oder zehn Jahre alt sein und marschierte trotz des strömenden Regens entschlossen seinem Ziel entgegen, einem kleinen, besonders schiefen Haus am Ende der Langen Gasse. Ein ovales Messingschild verkündete mit zierlich verschnörkelter Schrift, daß sich dort ein Laden befand:

Buchhandlung und Antiquariat Alois Klingel

Der Junge hieß Thilo. Und Herr Klingel, der Besitzer dieses Ladens, war sein einziger Freund.

In mancher Hinsicht war Thilo ein außergewöhnlicher Junge. Er stritt nicht gern mit anderen Kindern, und er wollte sich auch nicht mit ihnen prügeln. Statt dessen liebte er es, stundenlang in Büchern zu schmökern. Das war ihm wichtiger als alles andere auf der Welt.

Wenn er las, war es, als lebte er in dem Buch, als sei er mitten im Geschehen. Und was der Held einer Geschichte tat, war für Thilo, als sei er selbst dieser Held. So spielte sich für ihn sein wahres Leben mehr in Büchern ab.

Das andere Leben, das die Mehrheit der Leute für das wirkliche hielt, bestand für ihn überwiegend aus unangenehmen Dingen wie Schule, Angst vor seinen Brüdern und anderen Kindern, die ihre Freude daran hatten, ihn zu hänseln und zu ärgern. Und nicht zuletzt war es voller Armut und Hunger, denn wie viele in der großen Stadt hatten auch Thilos Eltern nicht genug Geld, um ihre Familie ausreichend versorgen zu können. Ja, sie hatten sogar noch weniger Geld als die meisten anderen – denn sein Vater hatte seit Monaten keine Arbeit.

Weil Thilo seine Zeit am liebsten mit Büchern verbrachte, war er schon früh als Träumer abgestempelt worden. Ihm war das aber ganz recht. So ließ man ihn wenigstens in Ruhe, und er konnte ungestört lesen und seinen Gedanken nachhängen. Auch wenn er sonst keine Freunde hatte – Herr Klingel verstand ihn, mit ihm konnte er reden.

Thilo besuchte ihn in seinem Antiquariat, sooft er konnte. Nichts war für ihn schöner, als beim Abstauben der Lampen und beim Einordnen der alten Bücher mitzuhelfen oder sogar darin zu blättern und die vergilbten Seiten und verschnörkelten Buchstaben zu betrachten.

Am allerschönsten aber war es, wenn Herr Klingel ihm aus einem der Bücher vorlas. Es waren sagenhafte Geschichten, die darin standen. Seltsame Gestalten kamen vor und Tiere, die es überhaupt nicht gibt. Diese Geschichten trösteten Thilo über vieles hinweg – auch über Armut, Hunger und schlechtes Wetter. Deshalb kämpfte er heute abend tapfer gegen den heftigen Sturm und den prasselnden Regen an, um zu diesem kleinen Laden zu gelangen.

Schon von weitem konnte Thilo hören, wie das Messingschild, das normalerweise würdevoll von einer Stange über der Tür herabhing, wieder und wieder gegen die Hauswand geworfen wurde, daß es nur so schepperte. Hinter den beiden Fenstern schien ein warmes, gemütliches Licht. Thilo stieß die Ladentür auf und warf sie lautstark hinter sich zu – froh, an seinem Ziel angekommen zu sein.

„Junge, Junge", brummte Herr Klingel, „du hast es heute ja eilig." Er saß hinter einem hohen Bücherregal auf einem geblümten Lehnstuhl, umgeben von einer Porzellanente, einem Elefantenstoßzahn und einem ausgestopften Krokodil – alles Erbstücke von seinem Urgroßvater.

Thilo zog seine Gummistiefel und den triefenden Regenmantel aus. „Puh!" Er schüttelte sich wie ein nasser Hund. „Kann ich heute abend bei Ihnen bleiben, Herr Klingel?"

„Natürlich, Junge. Aber zuerst kommst du mal hierher an den Ofen und wärmst dich auf. Und ein Butterbrot habe ich auch für dich."

Das ließ Thilo sich nicht zweimal sagen. Und als er neben dem Buchhändler vor dem warmen elektrischen Ofen saß und herzhaft in die dick mit Butter bestrichene Brotscheibe biß, da fühlte er sich so wohl wie schon lange nicht mehr. „Sie haben es gut, Herr Klingel, weil sie immer hier sein können", sagte er mit vollem Mund.

„So? Warum denn?"

„Na ja, hier ist es schön. So geheimnisvoll und fremdartig, fast wie in einem anderen Land."

„Möchtest du denn in einem anderen Land sein?"

Thilo blickte auf. „Unbedingt", sagte er, „das wäre das allerbeste. Vielleicht könnte ich dann endlich tun, was ich will." Thilo sprach voller Eifer und vergaß sogar sein Butterbrot.

Herr Klingel hörte interessiert zu. „Was würdest du denn gerne tun?" fragte er.

Thilos Wangen fingen an zu glühen. „Wenn ich ein Buch lese, dann tue ich es: Ich reise in fremde Länder, erlebe Abenteuer und mache Sachen, die kein anderer kann. Ich bin Sheriff in einer kleinen Stadt im Wilden Westen. Dann bin ich richtig frei. Aber …", Thilos Stimme wurde leise, „… wenn das Buch zu Ende ist, dann bin ich wieder Thilo. Und ich … ich kann überhaupt nicht tun, was ich will. Vielleicht könnte ich es, wenn ich in einem anderen Land wäre."

Der alte Buchhändler sah ihn nachdenklich an. „Wahre Freiheit ist nicht abhängig von der Umgebung, in der man lebt", sagte er. „Sie ist auch nicht das, was man beim Lesen eines Buches erlebt, das ist sogar das genaue Gegenteil: Es macht unfrei."

„Das verstehe ich nicht", sagte Thilo verwirrt.

„Du wirst es irgendwann verstehen lernen", versicherte Herr Klingel.

Thilo fiel wieder sein Butterbrot ein. Schließlich steckte er das letzte Stück in den Mund, kaute nachdenklich darauf herum und fragte: „Was ist Freiheit dann?"

„Du bist wahrhaft frei, wenn du so handeln kannst, wie es zu dir paßt, wenn du so sein kannst, wie du wirklich bist, wenn du dein wahres Wesen gefunden hast."

Der Junge dachte so angestrengt nach wie nie zuvor, um zu begreifen, was Herr Klingel gerade gesagt hatte. Aber seine Gedanken verhedderten sich wie ein wirres Knäuel, bei dem schließlich weder das Ende noch der Anfang zu finden sind. „Das ist mir zu schwierig", seufzte er.

Herr Klingel nickte. „So ganz verstehe ich es ja auch nicht", sagte er geheimnisvoll. Er nahm eine Zigarre aus einem flachen Holzkästchen, das neben dem geblümten Stuhl auf einem kleinen Tisch stand, und steckte sie sich in den Mundwinkel. „Ich möchte dir eine Geschichte vorlesen, mein Junge. Geh doch mal zum Bücherregal und hol von ganz oben rechts das dicke braune Buch mit dem abgegriffenen Ledereinband!"

Das tat Thilo nur zu gerne! In dem Antiquariat gab es eine Leiter, die man brauchte, um das oberste Fach zu erreichen. Diese Leiter holte Thilo begeistert und lehnte sie vorsichtig an das Regal. Dann stieg er sie langsam Stufe für Stufe hinauf und mußte sich ganz oben trotzdem noch auf die Zehenspitzen stellen, um das Buch zu erreichen, das Herr Klingel meinte.

Es war ein sehr dickes und schweres Buch, und es war mit einer beachtlichen Staubschicht bedeckt. Eine blasse, verschnörkelte Schrift war auf dem Einband zu erkennen:

TURIYA – AUF DER SUCHE NACH DER VERGESSENEN STADT

Das ist ein spannender Titel, fand Thilo. Er klopfte den Staub ab, so gut es ging, und kletterte wieder nach unten, das Buch unter einen Arm geklemmt.

Verstaubte Bücher mochte er besonders gern. Es war einfach aufregend, in einem Buch zu lesen, von dem er genau wußte, daß es schon seit langer Zeit nicht mehr aufgeschlagen worden war. Vielleicht erwartete er auch jedesmal, ein Geheimnis oder eine Überraschung darin zu entdecken, obwohl er natürlich wußte, daß auch in alten, verstaubten Büchern nichts anderes zu finden ist als Buchstaben und allenfalls Bilder.

Dieses Mal gab es aber tatsächlich eine Überraschung, nicht nur für Thilo, sondern auch für Herrn Klingel: Als dieser nämlich das große Buch mit Schwung öffnete und dabei die Staubflocken nur so durch die Luft wirbelten, da sahen beide, daß die vergilbten Seiten angeknabbert waren! Wie ein feines Netzwerk zogen sich dünne, miteinander verflochtene Tunnel durch das Buch.

Der Buchhändler nahm seinen Zwicker von der Nase und schaute den Jungen an. „Da ist ein Bücherwurm am Werk“, sagte er.

Bücherwürmer zu finden ist keine leichte Sache. Wer es schon einmal versucht hat, der wird wissen, daß es sich um äußerst scheue Tiere handelt, die kaum aufzuspüren sind. Ja, es gibt wohl kaum einen Menschen, der von sich sagen könnte, daß er schon einmal einen Bücherwurm gesehen hätte. Selbst Herr Klingel, in dessen Laden sie sicher reichlich vertreten waren, hatte bisher noch keinen zu Gesicht bekommen. Er hatte sie lediglich einmal gehört: In einer Ecke des Regals hatte es eines Tages ganz leise geraschelt und geschmatzt. Er war herangeschlichen, um festzustellen, aus welchem Buch die Geräusche kamen – aber da war es schon wieder still gewesen. Daraufhin hatte Herr Klingel Fallen aufgestellt, Mausefallen mit zerkleinerten, bedruckten Buchseiten als Köder. Aber sie waren stets leer geblieben. Kein Wunder – es gab hier so viele Bücher, wieso sollten sich Bücherwürmer ausgerechnet mit ein paar ausgelegten Kostproben zufriedengeben? Und wer weiß, vielleicht hatten sie ja auch schon einmal etwas über Fallen gelesen.

Schließlich hatte Herr Klingel es aufgegeben, die Bücherwürmer einfangen zu wollen. Als er aber jetzt das durchlöcherte Buch in Händen hielt, seufzte er: „Ich wünschte, ich hätte sie damals alle erwischt."

Thilo stand mit großen Augen hinter ihm. „Gibt es wirklich Bücherwürmer?" staunte er. „Ich dachte, das sagt man nur zu jemandem, der viel liest!"

Herr Klingel drehte sich zu ihm um und klappte das Buch zu, daß es wiederum nur so staubte. „Aber selbstverständlich gibt es Bücherwürmer, so wahr ich Alois Klingel heiße! Meinst du, ich fresse selbst solche Löcher in meine Bücher?"

„Erzählen Sie mir doch bitte etwas über Bücherwürmer", bat Thilo ganz aufgeregt und setzte sich rittlings auf das ausgestopfte Krokodil. „Warum machen sie Löcher in die Bücher? Fressen sie das Papier?"

„Tja", sagte Herr Klingel, „das sollte man eigentlich annehmen." Er lehnte sich zurück und schob die Zigarre in den anderen Mundwinkel. „Das Problem ist nur – man weiß über diese Tiere viel zuwenig, als daß man da sicher sein könnte. Vielleicht fressen sie das Papier, vielleicht auch nicht."

„Aber es gibt doch bestimmt Leute, die erforschen, wie Bücherwürmer leben und so, irgendwelche Naturforscher oder Professoren meine ich."

„Und ob." Herr Klingel schmunzelte. „Die gibt es massenhaft. Ich kann dir sogar ein Buch zeigen, das ein berühmter Wissenschaftler über Bücherwürmer geschrieben hat." Er erhob sich ächzend von seinem Lehnstuhl und ging zum Bücherregal. Es dauerte nicht lange, bis er das Buch gefunden hatte. „Du kannst ja mal hineinschauen. Aber ich sage dir gleich: Es steht nicht viel drin. Das einzige, was all die klugen Köpfe nach jahrelangem Forschen über sie herausbekommen haben, ist lediglich, wie so ein Bücherwurm in etwa aussehen könnte."

„Haben sie denn einen gefunden?" fragte Thilo aufgeregt.

„Nein, das Glück hat noch keiner von ihnen gehabt, obwohl schon Generationen von Forschern vor ganzen Wänden voller alter Bücher auf der Lauer gelegen haben. Einer hat es sogar fertiggebracht, vier Wochen lang in einer Bibliothek auszuharren – immer in der Hoffnung, einen Bücherwurm zu entdecken. Nicht einmal zum Essen und Schlafen soll er sich entfernt haben."

„Der Ärmste", meinte Thilo bedauernd. „Aber wie konnten sie denn herausfinden, wie ein Bücherwurm aussieht, wenn keiner einen gesehen hat?"

„Oh, das kann ich dir erklären. Professoren sind schlaue Leute. Sie haben zuerst einmal die Löcher in den Büchern ausgemessen. Daran konnten sie schon erkennen, wie dick ein solches Tier ist. Weiter folgerten sie, daß Bücherwürmer Fühler haben müssen, um sich in den dunklen Gängen zurechtzufinden. Außerdem haben sie sich die Stellen, an denen das Papier angeknabbert war, genau angesehen und daraus geschlossen, wie das Gebiß eines Bücherwurms aussehen muß. Hier, auf der ersten Seite ist ein Bild!" Herr Klingel schlug das Buch auf und reichte es Thilo.

Erstaunt betrachtete der die Zeichnung, die einen Bücherwurm gleich zweimal zeigte: eine Gesamtansicht und eine Darstellung des Kopfes. Darunter stand: Vermis libris (Bücherwurm), Klasse Polichaeta, Ordnung Annelida.

„Der sieht ja witzig aus!" rief Thilo. „Solch einen Wurm habe ich noch nie gesehen."

„Das glaube ich gerne." Herr Klingel mußte schmunzeln. „Das ist es ja auch, was den Forschern so zu schaffen macht: Wenn man etwas noch niemals gesehen hat, dann läßt es sich auch nicht gerade leicht erforschen."

Thilo gab das Buch zurück. „Haben Bücherwürmer eigentlich Angst vor Menschen?" wollte er wissen.

Herr Klingel ließ sich auf seinen Stuhl plumpsen und streckte die Beine aus. „Ich weiß es nicht. Sie sind auf jeden Fall sehr scheu. Am Tage hört man überhaupt nichts von ihnen. Nachts knabbern sie ihre Löcher in die Bücher. Aber sobald jemand vor dem Regal steht und horcht, ist Schluß mit dem Geknabber. Die Bücherwürmer merken das ganz genau."

Thilo betrachtete interessiert das hohe Regal. Sicher saß jetzt der eine oder andere Wurm dort zwischen den ledergebundenen Büchern und wartete auf die Nacht, um mit seiner Arbeit beginnen zu können. „Gibt es hier bei Ihnen viele Bücherwürmer?“ fragte er.

„Das will ich meinen“, antwortete Herr Klingel und rückte seinen Zwicker zurecht. „Ich nehme an, daß nachts hier allerhand los ist. Aber um diese Zeit liege ich zu Hause in meinem Bett und schlafe. Das Forschen überlasse ich anderen Leuten. Ich bin ein alter Mann und brauche meine Ruhe.“

Ein Gedanke kam Thilo in den Sinn, nebelhaft zuerst – als wolle er sich im nächsten Augenblick schon wieder verflüchtigen. Aber er blieb und wurde immer deutlicher, bis er die Form eines festen Planes annahm. Es war ein so abenteuerlicher Plan, daß Thilo ihn eigentlich sofort wieder vergessen wollte. Aber dafür war es schon zu spät.

„Glauben Sie, daß ein Forscher für einen echten, lebendigen Bücherwurm Geld bezahlen würde?“ fragte Thilo vorsichtig.

„Geld?“ Herr Klingel lachte. „Sein ganzes Vermögen würde er dafür hergeben!“ Und er machte dabei eine weit ausladende Geste, um zu zeigen, wie groß das Vermögen sein würde.

Da war Thilo sicher, daß er seinen Plan ausführen würde. Oh, wie lange hatte er schon auf eine solche Gelegenheit gewartet! Er wollte heute nacht hierbleiben, um einen Bücherwurm zu fangen, und das Geld, das er dafür bekommen würde, sollten seine Eltern bekommen. Dann hätte die Not zu Hause ein Ende!

Thilo wurde es ganz heiß vor Aufregung, als er daran dachte, welche Freude zu Hause herrschen würde, wenn er das Geld heimbrächte. Endlich würden auch sein Vater und seine Brüder einmal über ihn staunen und ihn loben!

„Junge, du strahlst ja, als wäre heute Heiligabend und Ostersonntag auf einmal“, sagte der Buchhändler.

So schnell er konnte, zog Thilo sein Gesicht wieder in ernste Falten. Herr Klingel durfte auf keinen Fall merken, daß er etwas vorhatte. Nur mit Mühe konnte er seine Aufregung verbergen.

Die alte Standuhr schlug siebenmal. Der Buchhändler holte seine Taschenuhr heraus, zog sie auf und verglich die Zeit. „Sieben

Uhr. Es wird Zeit für dich, nach Hause zu gehen, mein Junge. Deine Eltern sollen sich keine Sorgen machen. Sieh doch mal nach, ob es noch regnet!"

Thilo öffnete die Ladentür einen Spaltbreit und sah hinaus. Der Regen hatte noch nicht aufgehört, im Gegenteil, er schien heftiger geworden zu sein. Der Wind trieb den Regen vor sich her und blies dem Jungen Tropfen ins Gesicht. Schnell drückte Thilo die Tür wieder zu. „Bitte, lassen Sie mich noch bleiben, bis Sie den Laden abschließen", bat er. „Dann gehe ich auch bestimmt."

„In Ordnung", sagte Herr Klingel, „ich bin gleich soweit. Muß nur noch mal kurz in die hintere Ladenkammer."

Er meinte einen winzigen Raum, nicht viel größer als ein Besenschrank. Hier verwahrte Herr Klingel nach Ladenschluß seine Kasse und andere Wertgegenstände. Im Falle eines Einbruchs, so sagte er sich, würden die Diebe diese Kammer wahrscheinlich ganz zuletzt entdecken. Außerdem war ihre Tür mit einem besonders stabilen Schloß gesichert, dessen Schlüssel auch noch sehr gut versteckt war: unter dem seidenen Turban eines Mohren aus Porzellan, der in einer Ecke des Ladens stand und in der erhobenen Hand einen Leuchter mit elektrischen Kerzen hielt. Er war eigentlich eine Stehlampe – und im übrigen das einzige teure Stück, das es in diesem Antiquariat zu kaufen gab.

Alle, die Herrn Klingel und seinen Laden kannten, schmunzelten darüber, daß die Ladenkasse jeden Abend so gut versteckt wurde. Sie wußten, daß es dort nichts zu holen gab. Kein Dieb würde sich die Mühe machen, ausgerechnet in diesen Laden einzubrechen. Doch für Herrn Klingel war alles wertvoll, was in seinem Antiquariat stand – und insbesondere das, was Abend für Abend in der hinteren Ladenkammer eingeschlossen wurde.

Während er sich also hinten im Laden zu schaffen machte, zog Thilo seine Gummistiefel und den Regenmantel an. Plötzlich überkamen ihn Zweifel, ob er seinen Plan auch wirklich durchführen sollte. Denn wenn er es wirklich wollte, mußte er die Gelegenheit ergreifen, die sich jetzt bot.

Er sah noch einmal in den strömenden Regen hinaus und dachte an seine Eltern, die zu Hause auf ihn warteten. Doch dann faßte er sich ein Herz, was ihn allerdings große Überwindung kostete. Feigling, sagte er zu sich selbst, traust du dich etwa nicht? Und laut rief er nach hinten: „Herr Klingel, ich gehe schon mal!"

„Ist in Ordnung, mein Junge. Auf Wiedersehen!"

„Wiedersehen!" rief Thilo noch. Dann ging er mit lauten Schritten zur Tür, öffnete sie – und schloß sie von innen wieder. Herrn Klingel mußte es so vorkommen, als habe der Junge den Laden verlassen. Doch Thilo zog leise die Stiefel wieder aus, nahm sie in die Hand und schlich auf Zehenspitzen in eine Ecke des Ladens. Nun galt es, ein sicheres Versteck zu finden.

Suchend sah Thilo sich um. Schon hörte er, wie Herr Klingel die hintere Ladenkammer abschloß – da entdeckte er hinter einer kunstvoll verzierten Holztruhe eine kleine Nische, in die er gerade hineinpassen könnte.

Rasch versteckte er sich hinter der Truhe und machte sich so klein wie möglich. Es war keine Sekunde zu früh, denn eben kehrte Herr Klingel aus dem hinteren Ladenteil zurück. Thilo hörte, wie er zur Tür ging und sie öffnete, wie die Tür ins Schloß fiel und wie zweimal abgeschlossen wurde. Dann entfernten sich Herrn Klingels Schritte in die Nacht.

Thilo atmete auf. Soweit war alles gutgegangen.

Jetzt war er allein – ganz allein in diesem geheimnisvollen Laden. Es dauerte eine Weile, bis er sich aus seiner Nische herauswagte. Vorsichtig tastete er sich in der Dunkelheit voran und blieb schließlich unschlüssig in der Mitte des Ladens stehen. Er hätte gerne das Licht angemacht, aber er befürchtete, daß man das von der Straße aus sehen könnte. Irgendein Fußgänger könnte denken, hier sei ein Einbrecher am Werk, und die Polizei benachrichtigen.

Da erinnerte Thilo sich daran, daß Herr Klingel hinten im Laden stets ein paar Kerzen liegen hatte. „Falls der Strom ausfällt", hatte er einmal gesagt. Eine Kerze wäre jetzt genau das richtige. Sie ließ sich bestimmt so aufstellen, daß ihr Schein von der Straße aus nicht gesehen werden konnte und sie trotzdem ausreichend Licht spenden würde – und hoffentlich auch etwas Wärme. Den elektrischen Ofen wollte Thilo nicht wieder einschalten. Er befürchtete, etwas daran kaputtzumachen.

Thilo fand die Kerzen schneller als gedacht. Er zündete eine davon an und ging in die Ecke des Ladens, in welcher sich Herrn Klingels Lieblingsplatz, der geblümte Lehnstuhl, befand. Dann bückte er sich, ließ etwas Wachs auf die Schnauze des ausgestopften Krokodils tropfen und drückte die Kerze darauf fest. Schließlich richtete er sich auf und sah sich um. Ja, so war es genau richtig: Von der Straße aus konnte der Kerzenschein nicht gesehen werden, weil das hohe Bücherregal davor stand. Und er hatte hier eine geschützte Ecke, die gemütlich und trotzdem hell genug erleuchtet war.

Mit einem zufriedenen Seufzer machte Thilo es sich auf Herrn Klingels Stuhl bequem und lehnte sich entspannt zurück. Eine ganze Nacht lag vor ihm – eine Nacht, in welcher er tun und lassen konnte, was er wollte. Keiner war da, der ihm irgendwann befehlen würde, ins Bett zu gehen. Nein, in dieser Nacht würde er sein eigener Herr sein und es allen zeigen, die immer sagten, er sei ein Träumer, der zu nichts tauge! In dieser Nacht würde er einen Bücherwurm fangen und viel, viel Geld verdienen! Seine Eltern und Brüder würden staunen! Und während er sich noch darauf freute, fielen ihm die Augen zu – und bald schlief er tief und fest.

2

Thilo erwachte, weil er fror.

Die Kerze war fast heruntergebrannt. Sie flackerte unruhig, und die Schatten an der Wand tanzten gespenstisch auf und nieder.

Draußen tobte der Sturm noch stärker als zuvor, und der Regen peitschte gegen die niedrigen Fenster. Auch im Antiquariat war es kalt und ungemütlich geworden.

Noch etwas verschlafen sah Thilo sich um. Es dauerte eine ganze Weile, bis er begriff, daß er ja gar nicht zu Hause in seinem Bett war. Ach, wie gerne wäre er jetzt dort gewesen! Warum nur hatte er diesen blödsinnigen Einfall gehabt?

Thilos Abenteuerlust war wie weggeblasen. Nicht einmal der Gedanke an die Bücherwürmer vermochte ihn aufzumuntern. Im Gegenteil, er bekam Angst vor der eigenen Courage. Hätte er sich bloß nicht auf dieses Abenteuer eingelassen!

Der laute Gongschlag der alten Standuhr ließ ihn zusammenfahren. Er schaute auf das Zifferblatt und rieb sich verwundert die Augen: Es war bereits Mitternacht!

Während Thilo frierend auf dem Lehnstuhl hockte, hörte er plötzlich ein leises Geräusch. Zunächst war es nicht mehr als ein feines Wispern, das man kaum hören konnte, weil es sich mit dem Prasseln des Regens und dem Ticken der Standuhr vermischte. Doch nach und nach wurde es deutlicher, und schließlich konnte Thilo etwas wahrnehmen, das sich wie ein vielstimmiges Flüstern in den Bücherregalen anhörte. Man konnte es auch für das Rascheln von dünnen Papierseiten oder das Kaugeräusch aus vielen kleinen Mündern halten.

Thilo überlief ein Schauder – nicht nur wegen der Kälte. Alle Müdigkeit war mit einem Schlag vergessen. Wahrhaftig, Herr Klingel hatte nicht zuviel versprochen! Das konnten nur Bücherwürmer sein, die Löcher in die Bücher fraßen!

Sollte er näher herangehen, oder sollte er lieber nicht ...? Durch die Aufregung wurde es Thilo sogar wieder warm. Und schließlich siegte die Neugierde. Noch etwas steif vom langen Sitzen stand er auf und schlich, so leise er konnte, zu dem Regal, wo er sie vermutete.

Dort blieb er lauschend stehen. Vielleicht hatte er ja Glück, und es ließ sich bald einer der Bücherwürmer sehen. Thilo wollte jedenfalls hier stehenbleiben und die Bücher nicht aus den Augen lassen.

Regungslos wartete er eine Viertelstunde lang. Dann begann es, in seinen Beinen zu kribbeln. Zuerst störte es ihn nicht so sehr, und er versuchte, es einfach nicht zu beachten und an etwas anderes zu denken. Doch es wurde immer schlimmer, bis Thilo am liebsten im Laden herumgesprungen wäre. Aber er wollte ja nicht, daß die Bücherwürmer ihn hörten. Deswegen hüpfte er nicht herum, sondern verlagerte sein Gewicht abwechselnd vom rechten auf das linke Bein und schwang dabei das jeweils andere hin und her.

Und da geschah das Unglück. Er traf mit dem rechten Bein einen kleinen Tisch, der hinter ihm stand, und stieß ihn um. Alte Kessel und Kannen aus Kupfer, ein paar alte Pfannen und drei kupferne Wärmflaschen aus Omas Zeiten fielen mit lautem Geschepper zu Boden. Wie vom Klang einer Glocke dröhnte es durch den Laden.

Als der Lärm endlich verklungen war, nahm Thilo die Hände wieder von den Ohren, die er sich zugehalten hatte. Eine geradezu unheimliche Stille war plötzlich eingekehrt. Auch in den Regalen war alles mucksmäuschenstill, als sei den Bücherwürmern vor Schreck das Papier im Hals steckengeblieben.

Thilo hätte sich am liebsten selbst geohrfeigt, so wütend war er. „Tolpatsch!“ beschimpfte er sich. „Esel! Blödmann! Und du willst Bücherwürmer fangen!“

Wut und Verzweiflung trieben ihm Tränen in die Augen, und als er kurz davor war zu weinen, da flackerte die Kerze noch einmal auf und begann dann zu verlöschen. Immer kleiner wurde die Flamme, und es sah aus, als würde sie nur noch für wenige Sekunden Licht spenden.

Thilo wurde kreidebleich vor Schreck. Gleich würde er im Dunkeln stehen. Dieser Gedanke erfüllte ihn so sehr mit Angst, daß er wie gelähmt dastand und gar nicht daran dachte, rechtzeitig eine neue Kerze zu holen. Und im nächsten Augenblick fuhr ihm noch ein zweiter Schreck in die Glieder: Mit dem letzten Aufflackern beleuchtete die Kerze etwas sehr Kleines, Längliches und Weißes, das vor dem Bücherregal auf dem Boden lag. Das hatte vorher noch nicht dort gelegen, da war sich Thilo ganz sicher. Und es schien sich zu bewegen – was den Jungen mit Schrecken erfüllte, aber mit einem freudigen Schrecken.

Das mußte ein Bücherwurm sein!

Es ist etwas Seltsames mit den menschlichen Wünschen. Viele von ihnen werden niemals erfüllt, und trotzdem wird man sie vielleicht ein ganzes Leben lang nicht mehr los. Man hegt und pflegt sie, obwohl man im tiefsten Inneren genau weiß, daß sie sich nicht erfüllen werden.

Manche Wünsche aber erfüllen sich tatsächlich. Und dann kann es vorkommen, daß man schon ganz vergessen hat, warum man sich eigentlich etwas gewünscht hatte. All die Pläne, die mit diesem Wunsch verbunden waren, sind plötzlich verschwunden, und die Zukunft zählt nicht mehr, ebensowenig wie die Vergangenheit. In solchen Momenten gibt es nur den Augenblick – und die Dankbarkeit. So erging es Thilo jetzt. Sein Herz klopfte laut vor Aufregung und Freude.

Er holte und entzündete eine neue Kerze. Dann kniete er sich vorsichtig neben den Bücherwurm, um ihn genau zu betrachten. Aber er dachte überhaupt nicht mehr daran, daß er eigentlich einen fangen wollte, um ihn zu verkaufen.

Wahrscheinlich, so dachte Thilo, während er den Bücherwurm betrachtete, wahrscheinlich ist er furchtbar erschrocken, als der Tisch mit dem Kupfergeschirr umgekippt ist, und dann aus einem Buch heraus- und vom Regal heruntergefallen. Auf jeden Fall scheint er jetzt ohnmächtig zu sein.

Das stimmte allerdings. Das Tier bewegte sich nicht mehr, sondern lag regungslos und mit geschlossenen Augen da. Nur an seinem Atmen, das so leise war wie das Schwirren von Marienkäferflügeln, konnte Thilo erkennen, daß der Wurm noch lebte.

Thilo hätte ihm gerne geholfen, aber weil er nicht wußte, wie man eine Ohnmacht bei Bücherwürmern behandelt, hielt er es für das beste, einfach abzuwarten.

Es dauerte nicht lange, bis der Bücherwurm die Augen aufschlug. Aber als er den Jungen sah, zuckte er zusammen und drohte erneut in Ohnmacht zu fallen.

„Du brauchst keine Angst zu haben", sagte Thilo schnell. „Ich tu dir doch nichts."

Der Bücherwurm blickte ängstlich zu ihm auf. „Wirklich nicht?" fragte er schüchtern.

Thilo war überrascht, daß der Bücherwurm sprechen konnte – obwohl er andererseits auch irgendwie damit gerechnet hatte. Warum, wußte er selbst nicht. Vielleicht, weil er sich nur bei einem sprechenden und lesenden Wesen vorstellen konnte, daß es in Büchern lebt. Also lächelte er das Tier so beruhigend an, wie er nur konnte. „Du kannst dich darauf verlassen", sagte er, „ich werde dir ganz bestimmt nichts tun."

Der Bücherwurm atmete erleichtert auf. Es hörte sich an wie das Seufzen eines Grashüpfers. „Kannst du mir dann bitte einen Gefallen tun?" fragte er.

Thilo war bereit, dem Bücherwurm jede Bitte zu erfüllen.

„Dann setz mich doch bitte in das oberste Fach zurück. Ich muß dringend nach Turiya. Dort habe ich einen wichtigen Auftrag zu erfüllen."

Vor Thilos innerem Auge tauchte der verschnörkelt geschriebene Titel des Buches wieder auf, aus dem ihm Herr Klingel hatte vorlesen wollen. „Nach Turiya? In die vergessene Stadt?" staunte er.

Der Bücherwurm nickte. „Es ist der Wunsch der alten Magierin, daß ich die vergessene Stadt suche. Aber ich bin noch nicht einmal bis zur Mitte des Buches vorgedrungen. Dabei hängt furchtbar viel davon ab, daß ich die Stadt finde, weißt du? Es geht sozusagen um Leben und Tod."

Thilos Erstaunen wuchs. Eine Frage nach der anderen drängte sich ihm auf. Was für einen Auftrag hatte der Bücherwurm? Wer war die alte Magierin? Und vor allem: Wie konnte der Bücherwurm nach Turiya gelangen, wenn diese vergessene Stadt doch gar nicht Wirklichkeit war? Es gab sie doch nur in der Geschichte! Oder konnte man in eine Geschichte hineingehen? „Sag mal“, fragte er, „bist du denn richtig in der Handlung drin, wenn du in das Buch hineinkriechst?“

„In gewisser Weise schon“, antwortete der Bücherwurm geheimnisvoll, „andererseits aber auch wieder nicht.“

„Das verstehe ich nicht“, sagte Thilo. „Ich dachte, ihr Bücherwürmer freßt bloß das Papier.“

„Ich fresse doch kein Papier!“ entrüstete sich der Bücherwurm. „Wir ernähren uns von den Geschichten, die in den Büchern erzählt werden – nicht von Papier!“

Das fand Thilo sehr erstaunlich, aber er konnte es trotzdem irgendwie verstehen. Denn dieses Gefühl, so richtig Heißhunger auf Geschichten zu haben, das kannte er nur zu gut – ein Hunger, der schlimmer sein konnte als der auf ein Brötchen oder auf ein Stück Schokolade. Ja, eigentlich hatte er dieses Verlangen ständig, was außer Herrn Klingel aber bisher noch nie jemand verstehen konnte.

Das sagte er dem Bücherwurm, und der bekam auf einmal ganz glänzende Augen. „Dann weißt du ja, wie das ist, wenn man sich von Geschichten ernährt“, sagte er freudig überrascht. „Ich wußte gar nicht, daß auch Menschen diese Kunst beherrschen.“

„Na ja …“ Thilo dachte an seinen Vater, der in letzter Zeit schon beim Frühstück den Fernsehapparat einschaltete und oft den ganzen Tag davor sitzen blieb, und er dachte an seine Brüder und an seine Klassenkameraden, die nur selten ein Buch aufschlugen – und wenn überhaupt, dann allenfalls ihre Schulbücher. „Einige beherrschen diese Kunst schon“, sagte er dann.

„Ja, wenn das so ist –“, der Bücherwurm machte eine Pause und wand sich verlegen, „dann würde ich mich unheimlich freuen. Ich meine, könntest du dann nicht … es ist nämlich so … ich wäre froh, wenn ich jemanden bei mir hätte, der mir hilft, meinen Auftrag auszuführen. Willst du nicht mit mir kommen?"

Thilo glaubte zu träumen, als er das hörte. „Ich?" fragte er fassungslos. „Ich soll mit dir in ein Buch hineinkriechen?" Als er merkte, daß der Bücherwurm ihn auf einmal ganz enttäuscht ansah, fügte er schnell hinzu: „Ich möchte natürlich, sehr gerne sogar! Nur, geht das denn so einfach? Ich meine, ich bin doch viel zu groß, um in ein Buch hineinzupassen."

Doch das schien dem Bücherwurm seltsamerweise keine Sorge zu bereiten. „Das geht schon in Ordnung", meinte er, „bring mich erst mal in das oberste Fach zurück!"

Der Junge stand auf und blickte suchend um sich. Herr Klingel hatte die Leiter weggeräumt. Sie lehnte in einer Ecke an der Wand. Thilo schleppte sie herbei und stellte sie vor das Regal. Vorsichtig nahm er den Bücherwurm in die Hand. Obwohl er ihn ja nun schon ein wenig kannte, kostete ihn das einige Überwindung. Thilo fürchtete sich eigentlich vor Würmern, vor allem vor Regenwürmern, weil sie so glitschig waren, wenn man sie anfaßte. Deshalb war er überrascht, weil der Bücherwurm sich wie Samt anfühlte. Und als Thilo ihn streichelte, knisterte seine Haut wie Seidenpapier.

Mit dem Bücherwurm in der Hand kletterte Thilo behutsam die Leiter empor, bis zum obersten Fach, wo dieses Buch über Turiya stand.

Hätte in diesem Moment jemand durch die niedrigen Fenster hereingeschaut, wäre er höchstwahrscheinlich sehr erstaunt gewesen. Er hätte nämlich mit angesehen, wie ein Junge auf der obersten Stufe einer Leiter plötzlich verschwand – als wäre er niemals dagewesen.

Auch die zweite Kerze war erloschen, und der Laden war, wie es sich eigentlich für diese nächtliche Zeit auch gehört, wieder verlassen und lag im Dunkeln. Nur ein Kerzenstumpf auf der Schnauze des ausgestopften Krokodils, ein umgekippter Tisch und auf dem Boden herumliegendes Kupfergeschirr kündeten davon, daß hier allerhand geschehen war.

3

Hoch oben in einem Turm des Tempels der tausend Murmeln saß Nerima, die alte Magierin, in ihrer kleinen Kammer. Der Tempel thronte auf einem einzelnen hohen Berg inmitten der Hochebene von Taoth, und man konnte von ihm aus die ganze Ebene überblicken, bis an den Horizont, wo die Wälder begannen und das Gebirge emporragte.

Einst war Taoth eine prächtige große Stadt gewesen. Man hatte sie nicht weit von Turiya erbaut, dem damaligen Zentrum von Gaiareth, wo alles Wissen und alle Weisheit versammelt waren. Man sagte sogar, es sei die Weisheit aller Jahrhunderte, der Vergangenheit und der Zukunft, die in der großen Bibliothek von Turiya bewahrt wurde.

Taoth war inzwischen verfallen, und niemand wußte, wie weit es heute von Turiya entfernt war – es konnten Jahrzehnte, aber auch Jahrhunderte sein. Denn Entfernungen maß man in Taoth, wie überhaupt in allen Büchern, nicht in Metern oder Kilometern, sondern in Zeit. Und die schreitet fort, von einer Buchseite zur nächsten.

Das Fenster der Kammer stand offen, und milde Frühlingsluft strömte herein. Die alte Magierin ließ ihren Blick weit über das Land schweifen. Unten am Fuß des Berges floß der Phántuin vorbei, ein Strom, der ganz Gaiareth durchzog und von dem keiner wußte, wo er seinen Ursprung hatte.

Die Sonne hatte zum ersten Mal seit langer Zeit wieder die Kraft zu wärmen, und auf einem der Türme des Tempels saß ein prachtvoller bunter Vogel und versuchte sich an neuen Tönen. Es hörte sich an wie „Aaa – ooo – iiie". Alles schien so friedlich. Man hätte fast meinen können, es sei Friede eingekehrt in Gaiareth. Doch es war kein Friede, und die alte Magierin war auch nicht so töricht, dies anzunehmen.

Der Vogel plusterte sein Gefieder auf, flötete die Tonleiter einmal hinauf und hinunter, machte ein Geräusch, als hätte er Schluckauf, und sagte dann laut und deutlich: „Harmonie."

Die Magierin blickte auf. Wer mochte dem Vogel dieses Wort beigebracht haben? Harmonie hatte es früher einmal in Gaiareth gegeben, als Menschen und Tiere noch in Frieden miteinander gelebt hatten. Heute fragte niemand mehr danach. Man plünderte die Tiefen von Gaiareth, ohne sich bei den Wesen der Erde zu entschuldigen, und man mordete ohne Sinn und Verstand, seien es Tiere oder Menschen, wenn sie den eigenen Interessen im Wege standen.

Zu lange schon war die alte Weisheit vergessen. Und keiner wußte mehr den Weg zu ihr.

Die alte Frau seufzte tief. Erschöpft lehnte sie sich auf ihrem Stuhl zurück, schloß die Augen und versuchte, ein wenig zu schlafen. Denn sie hatte in den letzten Nächten kaum ein Auge zugetan.

Auf einem Tisch mitten in dem Turmzimmer lag eine durchsichtige Kugel. Sie war aus echtem Bergkristall, aus den Tiefen von Gaiareth. Es war eine Kugel, wie sie Magier und Zauberer benutzen, um in die Zukunft zu schauen. In ihr hatte die alte Magierin immer wieder nach etwas gesucht, was sie sehnlichst erwartete, weil es für das ganze Land von größter Bedeutung sein konnte. Nur – bis jetzt hatte sie es noch nicht entdeckt.

Nun waren ihre Kräfte erschöpft, denn sie war schon eine alte Frau. Und so schlief sie tief und fest auf ihrem Stuhl, während die Frühlingssonne sie mit ersten warmen Strahlen streichelte.

Der Tempel der tausend Murmeln, in dem die Magierin wohnte, war vor undenkbar langer Zeit einmal für den Schöpfer der Welten erbaut worden, der in Gaiareth Alles-Was-Ist genannt wurde. Jeder Bewohner von Taoth, ob Erwachsener oder Kind, ob arm oder reich, hatte damals Murmeln dafür gesammelt: große und kleine, bunte und einfarbige, schlichte und kunstvoll gefertigte, kurzum, alle auch nur erdenklichen Arten von Glasmurmeln. In großen Säcken, kleinen Taschen oder einfach in bloßen Händen waren sie auf den Berg gebracht worden, auf dem der Tempel erbaut werden sollte. Jeder hatte seinen Beitrag dazu leisten wollen.

In den Wäldern am Rande der Ebene, die den Namen Wälder der Winde trugen, lebten wilde Völker, die nicht in Städten oder Dörfern wohnten, sondern ständig umherzogen. An den Vorgängen in der Stadt nahmen sie normalerweise nicht viel Anteil. Doch damals hatten sich sogar einige dieser wild lebenden Stämme beteiligt, wie zum Beispiel die Schlitzohren oder die Spiegelwesen. Immerhin hatten die Spiegelwesen die schönsten Murmeln für den Tempel geliefert – aus dem wasserklaren, spiegelnden Glas, das dieses Volk selbst herstellte.

Mit den Spiegelwesen hatte es zudem eine besondere Bewandtnis: Sie alle trugen ständig und überall einen großen Spiegel mit sich, in den sie auch andauernd hineinschauten, selbst wenn sie liefen, aßen oder irgendeine andere Tätigkeit verrichteten. Sie taten das, weil für sie nur das wirklich war, was sie in ihren Spiegeln sahen, alles andere hielten sie nur für Spiegelungen. So wurden bei ihnen schon die Kinder mit kleinen Spiegeln groß und lernten früh, sich auf diese Weise zu orientieren.

Einer alten Legende zufolge hat dieses besondere Verhalten der Spiegelwesen dazu geführt, daß sie die Murmeln, die sie damals für den Bau des Tempels hergestellt hatten, an der falschen Stelle abgeliefert haben. Wo sie den Berg, auf dem der Tempel gebaut werden sollte, in ihren Spiegeln gesehen haben, dort haben sie die Murmeln niedergelegt und sind in die Wälder der Winde zurückgekehrt. Da aber der Berg in Wirklichkeit noch weit entfernt gewesen war, hätte man damals die Murmeln sicherlich nie gefunden, wenn nicht die Schlitzohren den Spiegelwesen gefolgt wären. Sie haben die Murmeln in Säcke gepackt und auf den Berg gebracht, wo man sie sehr bewundert und die Schlitzohren zur Belohnung reich beschenkt hat.

Die alte Magierin war sich allerdings sicher, daß diese Legende erst nachträglich erdichtet worden war, als man schon damit begonnen hatte, sich zu hassen und Kriege gegeneinander zu führen. In den alten Zeiten war es undenkbar gewesen, daß sich ein Volk auf Kosten eines anderen bereichert.

Kunstfertige Baumeister, so wurde es überliefert, fügten schließlich in mühseliger Arbeit die Glasmurmeln zu Mauern zusammen, aus denen nach und nach der Tempel der tausend Murmeln emporwuchs. Sie verwendeten dazu nur den allerfeinsten durchsichtigen Zement, der aus den entlegensten Teilen des Landes angeliefert wurde.

Und als man eines Tages die letzte Glasmurmel an ihrem Platz eingefügt hatte, da war ein Tempel entstanden, der an Schönheit alle anderen Bauwerke in Gaiareth weit übertraf. Schon von weitem konnte man ihn hoch oben auf dem Berg, der seitdem den Namen Tempelberg trug, blinken und glitzern sehen.

Das Schönste an dem ganzen Tempel aber war die große, runde Eingangshalle, auch Halle der Erleuchtung genannt. Dort gab es ringsherum sieben große, bunte Glasfenster, auf denen verschiedene Wesen aus Gaiareth dargestellt waren – Pflanzen, Tiere, Menschen sowie Steine und Naturgeister. Oft kamen die Bewohner von Taoth oder auch andere Besucher hierher, um in dieser Halle das Sonnenlicht durch die Fenster scheinen zu sehen. Und dann spürten sie, daß alle Lebewesen eine Art Fenster sind, durch die Alles-Was-Ist mit seinem Licht hindurchleuchtet. Und sie spürten vielleicht auch, daß Alles-Was-Ist dasselbe ist wie eben – alles, was ist.

Das machte sie froh. So einfach war das.

Doch leider blieb es nicht so. Die Tempelwächter – die bis dahin eigentlich nur die Aufgabe gehabt hatten, die Fenster des Tempels sauberzuhalten und ab und zu neue Kerzen aufzustellen und anzuzünden – verkündeten eines Tages dem Volk von Gaiareth, die Sache mit Alles-Was-Ist sei gar nicht so einfach, wie man sich das immer vorgestellt habe. Sie wäre im Gegenteil sogar ziemlich kompliziert, und deswegen brauche man jemanden, der dem Volk sagen könne, wie es sich zu verhalten habe. Und wer anders könne das besser als die Tempelwächter selbst?

Die meisten Menschen von Gaiareth glaubten ihnen. Immerhin verbrachten die Tempelwächter den ganzen Tag im Tempel der tausend Murmeln, weshalb sie die unmittelbarste Verbindung zu Alles-Was-Ist haben mußten.

Es gab einige, die alles, was die Tempelwächter nun verbreiteten, rundweg ablehnten. Und als vor den bunten Glasfenstern des Tempels dicke schwarze Vorhänge angebracht wurden, damit das Sonnenlicht nicht mehr hindurchscheinen konnte, und als verkündet wurde, sieben Wochen lang müßten die Menschen von Gaiareth ihre Boshaftigkeit bereuen, damit am Ende der siebten Woche für einen Tag die Vorhänge geöffnet werden könnten – da schlossen sich viele zur Gruppe der Erneuerer zusammen, die das Ziel hatten, den Tempel zu erobern und die Tempelwächter aus dem Land zu jagen.

Sie besorgten sich Waffen und kämpften für die Befreiung des Tempels der tausend Murmeln. Doch ebenso erbittert kämpften die Tempelwächter und ihre Anhänger darum, die Herrschaft über den Tempel zu behalten, denn immerhin ging es um die Ehre von Alles-Was-Ist. Es begann ein erbitterter Krieg, der als der Fensterstreit von Taoth in die Geschichte Gaiareths eingehen sollte.

Zu jener Zeit tauchte die alte Magierin beim Tempelberg auf. Niemand in Gaiareth konnte etwas Genaues über sie sagen. Viele hatten sie sogar bloß für eine Art Märchenfigur gehalten, die es in Wirklichkeit gar nicht gab und die nur dazu diente, ungezogene kleine Kinder zur Vernunft zu bringen. Es war nämlich durchaus nicht ungewöhnlich, daß eine Mutter zu ihrem Kind sagte: „Wenn du jetzt nicht artig bist, dann kommt die alte Magierin und holt dich!"

Diejenigen aber, die mehr über sie wußten oder sie gar schon einmal mit eigenen Augen gesehen hatten, konnten erzählen, daß sie anscheinend nirgendwo wohnte und bald hier, bald dort im Lande auftauchte und daß es unmöglich war vorauszusagen, wo man sie als nächstes antreffen würde. Meistens erschien sie gerade dort, wo man sie am wenigsten erwartete.

So hatte auch jetzt keiner damit gerechnet, daß sie ausgerechnet zu Beginn des Krieges beim Tempel der tausend Murmeln auftauchen würde. Und als sie wie selbstverständlich in den Tempel einzog und die Tempelwächter und deren Anhänger kurzerhand vor die Tür setzte – ob durch Zauberei oder nicht, das vermochte keiner zu sagen –, da machte die alte Magierin den verfeindeten Parteien einen dicken Strich durch die Rechnung. Denn nun mußte jeder, der den Tempel der tausend Murmeln erobern wollte, gegen sie kämpfen – und das war nicht gerade leicht.

Die Magierin hatte einen guten Grund für ihr Verhalten. Sie ahnte, was niemand in diesem Land wissen konnte: Welche Partei auch immer siegen würde im Kampf um den Tempel, sie würde ihre Position in jedem Fall dazu mißbrauchen, Macht auszuüben und die anderen zu unterdrücken. Die Zeit, in welcher die Menschen von Gaiareth in Einheit mit der Natur gelebt hatten, war vorbei, und das alte Wissen um Alles-Was-Ist war verloren. So weit zurück lagen die alten Zeiten inzwischen, daß sogar die alte Magierin dieses Wissen nicht mehr besaß. Aber sie wußte, daß dem Land eine Zeit der Gewalt und Unterdrückung drohte. Deshalb tat sie das einzig richtige: Sie besetzte auf ihre Art den Tempel und hielt, so gut sie konnte, mit ihrer Zauberkraft die Armeen vom Tempelberg fern. Aber dem Krieg Einhalt gebieten – das konnte auch sie nicht.

Man könnte sich jetzt fragen: warum denn nicht? Sie hätte doch veranlassen können, daß Friedensverhandlungen geführt werden. Oder sie hätte, was noch viel einfacher gewesen wäre, mit einem mächtigen Zauberspruch aus all den Streithähnen wieder friedliche Bürger machen können.

Doch dazu muß man wissen: Das besonders Schlimme an diesem Krieg war gerade, daß es sinnlos war, mit den verfeindeten Parteien zu reden und sie zum Aufhören zu bewegen – weil sie nämlich gar nicht aufhören konnten! Das lag einfach daran, daß sie Gestalten in einem Buch waren. Sie konnten nur das tun, was dort geschrieben stand. Und weil in dieser Geschichte der besagte Krieg vorkam, so führten sie nun auch Krieg – und keine Macht der Welt hätte sie davon abhalten können!

Aber davon wußte natürlich niemand in Gaiareth etwas. Die Bewohner des Landes waren vielmehr davon überzeugt, daß sie alles aus eigener Entscheidung und aus freien Stücken taten.

Die alte Magierin ahnte dies alles mehr, als daß sie es tatsächlich wußte. Letztendlich war sie nur eine Figur in einer Geschichte – wenn auch eine mit besonderen Fähigkeiten. Doch selbst ihre Zauberkräfte standen im Dienste der Erzählung und deren Handlung und konnten nicht dagegen eingesetzt werden. So blieb der alten Magierin nichts anderes übrig, als den Tempel zu verteidigen und das Ende der Geschichte abzuwarten.

Als sich der Krieg immer mehr in die Länge zog und kein Ende abzusehen war, erinnerte sich die Magierin an ihre Kristallkugel, die sie schon seit vielen Jahren nicht mehr benutzt hatte. Vielleicht war ja wenigstens in ferner Zukunft ein Ende in Sicht. Doch ihr wurde etwas Schreckliches offenbart: Die Geschichte nahm kein Ende!

Sie endete weder gut, indem das alte Wissen sich wieder in Gaiareth verbreiten würde, noch endete sie schlecht, wobei der Tempel einer der beiden Parteien in die Hände fiele – nein, sie hatte überhaupt keinen Schluß! Es war, als seien die letzten Seiten beim Schreiben der Geschichte glattweg vergessen worden oder als habe jemand sie irgendwann einfach herausgerissen. Auf jeden Fall lief alles darauf hinaus, daß der Kampf um den Tempel der tausend Murmeln ohne Ende weitergehen würde und daß sie, die alte Magierin, den Tempel niemals mehr verlassen könnte.

Das waren Aussichten, die einen natürlich das Fürchten lehren konnten. Und auch der Magierin war nicht wohl bei dem Gedanken, bis in alle Ewigkeit den Tempel verteidigen zu müssen. Aber sie wollte nicht den Mut verlieren und bewahrte sich immer noch ein Fünkchen Hoffnung darauf, daß sich doch noch alles zum Guten wendet.

Sie dachte lange darüber nach, was sie tun könnte, bis ihr eines Tages der Gedanke kam, selbst in die Geschichte einzugreifen. Sie wollte das alte Wissen wieder neu entdecken und in Gaiareth verbreiten. Allerdings hatte diese Idee einen ganz offensichtlichen Schönheitsfehler: Die alte Frau hätte dazu in die Vergangenheit reisen müssen, denn nur dort, in Turiya, war das verlorene Wissen zu finden. Doch niemand in Gaiareth konnte in die Vergangenheit gelangen, denn eine Geschichte verläuft immer nur in eine Richtung, nämlich vom Anfang zum Ende hin.

Doch da geschah eines Abends etwas völlig Unerwartetes, das die Erfüllung ihres Planes plötzlich in greifbare Nähe zu rücken schien. Die alte Magierin war gerade dabei, ihre Kugel aus Bergkristall zu polieren, als diese auf einmal geheimnisvoll aufleuchtete. Und als Nerima hineinblickte, sah sie, wie sich etwas mit großer Schnelligkeit auf sie zu bewegte.

Es war ein Bücherwurm.

Nun muß man wissen, daß Bücherwürmer in der Geschichte von Gaiareth keine Seltenheit waren. Oft sah man sie schemenhaft am Rande der Welt dahinreisen. In früheren Zeiten hatte man in ihnen Boten von Alles-Was-Ist vermutet, doch heute ging man davon aus, daß es einfach Wesen aus einer anderen Welt waren.

Alle Bücherwürmer, die man jemals gesichtet hatte, waren aus der Vergangenheit gekommen und irgendwo in der Zukunft verschwunden. Doch dieser hier, den die Magierin in ihrer Kristallkugel sah, bewegte sich von der Zukunft in die Vergangenheit. Sie konnte nicht wissen, daß er ganz offensichtlich in der Kunst des Bücherverschlingens noch sehr unerfahren war und deshalb das Buch über Turiya aus Versehen von der falschen Seite angeknabbert hatte, denn er bewegte sich vom Ende der Geschichte herkommend auf den Anfang zu. Er selbst hatte seinen Irrtum anscheinend noch gar nicht bemerkt, biß er sich doch mit gleichbleibender Geschwindigkeit durch die Seiten und schaute dabei weder nach rechts noch nach links.

Als die alte Magierin den Bücherwurm in ihrer Kugel auf sich zukommen sah, hatte sie sofort eine Idee: Diesen Fremdling aus einer anderen Welt – der ja sowieso auf dem Weg zum Anfang der Geschichte war – würde sie bitten, das alte Wissen von Turiya zu suchen und in ihre Zeit zu bringen. Sie hoffte, ihn noch erreichen zu können, bevor er in der Vergangenheit verschwinden würde. Es war keine Zeit zu verlieren!

Sie eilte zum Kamin des Turmzimmers. Dort tanzten knisternd ihre Flammengeister auf und nieder, die sie in schwierigen und eiligen Fällen als Boten auszusenden pflegte. Sie hielt einen Stock in das lodernde Feuer, und sofort sprang einer der Flammengeister auf ihn und wartete ungeduldig züngelnd auf seinen Auftrag. Die alte Magierin sagte in einer fremden Sprache, die sich eigentümlich zischend und knackend anhörte, ein paar Sätze zu ihm, öffnete dann das Fenster und schleuderte den Flammengeist hoch hinaus in die Luft, wo er wie eine kleine Sternschnuppe am Abendhimmel entschwand.

Bald war der Bücherwurm herbeigeholt. Er erklärte sich gerne bereit, der alten Frau den Wunsch zu erfüllen, und setzte dann seinen Weg fort. Monate später geschah etwas Seltsames. Eine ungeheure Erschütterung, die von außerhalb Gaiareths, ja sogar von außerhalb der Welt zu kommen schien, ließ das Land erzittern. Es war ein Erdbeben, wie man es noch niemals erlebt hatte. Häuser drohten einzustürzen, Bäume wurden fast entwurzelt, die Türme des Tempels schwankten bedenklich, und sogar der erbittert geführte Krieg kam für kurze Zeit zum Stillstand.

Die Erschütterung bewirkte aber noch etwas: Sie schleuderte den Bücherwurm in hohem Bogen wieder rückwärts aus der Geschichte heraus – weit, sehr weit über die Grenze hinweg, an welcher für die Gaiarether die Welt aufhörte und von der keiner wußte, ob es dahinter überhaupt noch etwas gab. Die alte Magierin hatte dies in ihrer Glaskugel genau beobachten können, und seit diesem Tage hielt sie, sooft sie konnte, Ausschau nach ihm. Sie hoffte sehnlichst, daß der Bücherwurm irgendwann wieder auftauchen würde, denn sie ahnte, daß das Schicksal von ganz Gaiareth allein von ihm abhing.

Als die alte Magierin am späten Nachmittag erwachte, schien die Sonne zwar noch, aber es war kalt geworden. Fröstelnd schloß sie das Fenster und machte sich Vorwürfe, daß sie so lange geschlafen hatte. Schnell wandte sie sich wieder der Kristallkugel zu. Und tatsächlich – worauf sie so lange gewartet hatte, das geschah: In dem grauen Nebel, über den hinaus die Kristallkugel nicht weiter in die Zukunft vordringen konnte, bewegte sich etwas!

Aufregung packte die alte Frau. Obwohl sie noch nicht erkennen konnte, was sich dort bewegte, war sie sicher, daß es der Bücherwurm war, der endlich zurückkehrte. Angestrengt beugte sie sich so lange über die magische Kugel, bis sie deutlich erkennen konnte: Er war es! Er hatte nicht vergessen, in welcher Notlage sich Gaiareth befand! Und sicher würde er es dieses Mal schaffen, bis nach Turiya zu kommen.

Mit einem tiefen Aufatmen lehnte sich die Magierin auf ihrem Stuhl zurück. Obwohl der Bücherwurm das alte Wissen aus Turiya noch längst nicht gefunden hatte, war ihr jetzt schon zumute, als fielen ihr nicht nur Steine, sondern ganze Felsbrocken von der Seele.

Erleichtert warf sie noch einen Blick in die Kristallkugel.

Und da stutzte sie. Es war nicht nur eine, es waren zwei Gestalten, die dort in der Ferne zu erkennen waren!

Zwei Bücherwürmer? So sah es eigentlich nicht aus. Aber – wer war dann das andere Wesen?

4

Thilo war mit dem Bücherwurm in der Hand die Leiter emporgeklettert. Er setzte ihn auf das oberste Regalbrett und wollte gerade fragen, wie es nun weitergehen solle – da passierte etwas. Er wußte selbst nicht, wie es geschah, doch plötzlich stand er vor einer langen Reihe hoher dunkler Wände. Zu seiner Verwunderung war ihm auch etwas schwindlig, und er fühlte sich sonderbar leicht, fast wie eine Feder.

Verwirrt rieb Thilo sich die Augen. Ängstlich schaute er sich um – da bemerkte er den Abgrund zu seinen Füßen! Er war unermeßlich tief, und Thilo wich mit einem Schreckensschrei zurück. Dabei stieß er mit jemandem zusammen, der wohl hinter ihm gestanden hatte. Es war der Bücherwurm. Er war auf einmal genauso groß wie Thilo oder besser gesagt: Thilo war jetzt genauso klein wie er.

Als der Junge das begriffen hatte und erkannte, daß er sich hoch oben auf Herrn Klingels Bücherregal befand, da wußte er auch, was es mit den merkwürdigen Wänden auf sich hatte, die er überall sah: Es waren ganz einfach Bücher!

„Es klappt!" rief Thilo aufgeregt. „Ich kann mit dir kommen!" Und er umarmte den Bücherwurm, der sich wie ein riesiger Teddybär in seinen Armen anfühlte. Vor Freude hüpften sie eine Weile ausgelassen auf dem Bücherregal umher – gefährlich nah am Abgrund. Doch plötzlich hielt der Bücherwurm inne: „Ach, du grünes Ypsilon! Wir verplempern hier unsere Zeit, und ich habe es doch eilig. Wir müssen unbedingt sofort unser Buch suchen!"

Das erschien Thilo überhaupt nicht schwierig. Aber als die beiden sich auf den Weg machten, merkte er, daß es bei seiner jetzigen Größe alles andere als einfach war, ein bestimmtes Buch zu finden. Eine Weile tasteten sie sich auf dem schmalen Pfad zwischen den Buchrücken und der Vorderkante des Regalbretts entlang. Thilo bemühte sich, nicht mehr in die bodenlose Tiefe zu schauen, denn dabei wurde ihm schwindlig.

Nachdem sie ein Stück vorangekommen waren, ein Stück, das Thilo wie ein langer Marsch vorkam, erkannte er das Buch an dem abgegriffenen braunen Ledereinband. „Hier ist es! Ich habe es gefunden!" rief er aufgeregt.

Der Bücherwurm besah sich den Einband und nickte. „Ja, es ist das richtige. Der Einstieg in die Geschichte befindet sich auf der Rückseite."

Die beiden tasteten sich vorsichtig um das Buch herum, bis sie vor einem runden Loch im Einband standen, das wie der Eingang zu einem dunklen Tunnel wirkte. Thilo schaute neugierig hinein, aber von einer Geschichte war da nichts zu sehen. In dieser undurchdringlichen Finsternis konnte er überhaupt nichts erkennen.

„Erst wenn man drin ist, erlebt man die Geschichte", sagte der Bücherwurm, „von außen kann man nie etwas entdecken. Das ist bei allen Büchern so."

Thilo nickte.

„Wir dürfen nun keine Zeit mehr verlieren. Ich gehe voraus, und du folgst mir!"

Der Junge zögerte. „Warte!" rief er. „Kann uns da drin wirklich nichts passieren?"

„Ach was, jetzt komm endlich!"

„Sag mal, wie heißt du eigentlich?" fragte Thilo.

„Olivius. Aber du kannst auch Olli zu mir sagen. Und du?"

„Thilo."

„Schöner Name. Aber jetzt beeil dich lieber!"

Der Junge fühlte einen merkwürdigen Kloß im Hals, als der Bücherwurm in das Loch hineinkroch. Sollte er ihm wirklich folgen? War es nicht zu gefährlich, so in eine Geschichte einzusteigen?

Doch als Olli ihm ungeduldig mit den Fühlern zuwinkte, nahm er seinen ganzen Mut zusammen und kroch auf allen vieren hinterher.

Der Gang war dunkel, schmal und niedrig. Es war ziemlich unbequem, sich darin vorwärts zu bewegen, und Thilo stieß sich einige Male den Kopf an. Nach einer Weile weitete sich jedoch der Tunnel. Er hatte jetzt für Thilo etwa die Breite einer Rolltreppe, und die Decke war immerhin so hoch, daß er nun aufrecht gehen konnte. Und es wurde langsam heller. Statt von Dunkelheit war der Tunnel jetzt von einem dichten grauen Nebel erfüllt, in dem man die Hand nicht vor den Augen sehen konnte.

„Ist es hier immer so neblig?“ wollte Thilo wissen. „Wenn sich das nicht ändert, kann man ja von der Geschichte überhaupt nichts sehen!“

„Wir sind doch noch gar nicht richtig in der Geschichte drin“, bekam er zur Antwort. „Hab etwas Geduld!“

Es dauerte wirklich nicht mehr lange, da lichtete sich der Nebel. Und aus der Ferne erklangen auf einmal aufgeregtes Stimmengewirr und das Klirren aufeinanderschlagender Schwerter.

„Ach, du grünes Ypsilon!“ stöhnte der Bücherwurm. „Wahrscheinlich platzen wir mitten in einen kriegerischen Angriff hinein.“

„Wie meinst du das?“

„Ich glaube, daß in Taoth gerade wieder um den Tempel gekämpft wird. Hör doch!“

Tatsächlich hatte sich das anfängliche Stimmengewirr inzwischen zu regelrechtem Kriegsgeschrei gesteigert. Als die beiden weitergingen, schienen plötzlich die Wände des Ganges, durch den sie gekommen waren, zurückzuweichen. Und vor ihnen lag der Schauplatz des Kampfes: die weite Ebene vor dem Tempel der tausend Murmeln.

Thilo staunte. Niemals zuvor hatte er so ein schönes Bauwerk gesehen. Hoch oben auf einem Berg ragte der Tempel mit seinen zierlichen Türmen in den Himmel, und in jeder der zahllosen Murmeln glitzerte die Nachmittagssonne, so daß man glauben konnte, das Bauwerk sei aus unzähligen kleinen Sonnen zusammengesetzt.

Aber er sah noch etwas anderes, das nicht schön war: In der Ebene um den Tempelberg kämpften erbittert zwei Armeen gegeneinander. Es waren die Heere der Tempelwächter und der sogenannten Erneuerungsbewegung. Wütend schlugen die Gegner mit Knüppeln und Schwertern aufeinander ein und bemühten sich, dabei gleichzeitig den Berg hinaufzukommen, um den Tempel in Besitz nehmen und die alte Magierin vertreiben zu können.

Der Berg war allerdings sehr steil, und so hatten es die Krieger schwer, ihn zu erklimmen. Und wer es gerade geschafft hatte, ein kleines Stück emporzuklettern, der wurde von den gegnerischen Soldaten sofort wieder heruntergeholt.

Keiner bemerkte die beiden Gefährten, die ganz in der Nähe standen. Thilo und der Bücherwurm versteckten sich hinter einem Felsbrocken, der einsam in der Ebene lag, und verfolgten atemlos, was sich vor ihren Augen abspielte.

Die Schlacht war auf ihrem Höhepunkt angelangt. Schwerter klirrten, Stöcke und Steine flogen nur so durch die Luft, und die ganze Ebene war von Kriegsgebrüll erfüllt. Keinem einzigen Soldaten war es bisher gelungen, den Tempelberg hinaufzukommen.

Da öffnete sich in einem Turm des Tempels ein Fenster, und eine Frau schaute heraus. Der Bücherwurm stieß Thilo an, um ihn darauf aufmerksam zu machen. „Das ist Nerima, die alte Magierin", flüsterte er.

„Fort! Hinweg mit euch!" rief sie den Kriegern zu. Sofort wurden die Kampfhandlungen unterbrochen, und alle starrten zu der Frau hinauf. „Weder ein Tempelwächter noch ein Erneuerer wird jemals einen Fuß in diesen Tempel setzen, wenn ich es nicht will! Heilige Dinge wie Friede und Wahrheit sind nicht durch Kampf und Krieg zu erlangen! Schämen solltet ihr euch! Ihr alle!"

Ob es nun Zauberei war oder nicht – diese Sätze erzielten jedenfalls eine verblüffende Wirkung. Die Krieger, eben noch in erbitterte Kämpfe verwickelt, schwiegen und starrten betreten auf ihre Fußspitzen – wie kleine Lausbuben, die man bei einem Streich erwischt hat. Es wirkte fast so, als wollte keiner den Kampf jemals wieder aufnehmen.

Gerade wollte die alte Magierin wütend das Fenster schließen, da trat der Hauptmann der Tempelwächter vor, ein kleiner, dicker Mann mit fanatisch funkelnden Augen. „Nein, Alte! Heute wirst du uns nicht so einfach wieder los!“ rief er herausfordernd. „Wir werden jetzt endgültig den Tempel zurückerobern und die Ordnung wiederherstellen! Wir bekommen nämlich Verstärkung vom Volk der Spiegelwesen. Jeden Augenblick werden sie hier eintreffen und auf unserer Seite kämpfen! Wir werden siegen! Hoch die Tempelwächter!“

Ein donnerndes „Hoch!“ war die Reaktion seiner Soldaten. Mit einem Schlag waren sie wieder in Kampfstimmung.

Auf der Seite der Erneuerer aber steckte man tuschelnd die Köpfe zusammen. Wenn es stimmte, was der Mann behauptete, und wenn die Spiegelwesen wirklich auf der Seite des Gegners in den Krieg eingreifen würden, dann konnte die Lage sehr ernst werden. Denn die Spiegelwesen waren ein großes Volk.

Auch die alte Magierin blickte besorgt über die weite Ebene bis hin zum Horizont, wo die Wälder der Winde begannen. Bisher hatten sich die dort wild lebenden Stämme aus kriegerischen Auseinandersetzungen herausgehalten. Sollte es den Tempelwächtern tatsächlich gelungen sein, sie zum Mitkämpfen zu überreden? Hoffentlich, dachte die Magierin, hoffentlich sind die Spiegelwesen so klug, sich herauszuhalten. Aber noch während ihr Blick über die Ebene schweifte, zeigte das Blinken vieler tausend kleiner Spiegel am Horizont, daß dem nicht so war und daß der Hauptmann die Wahrheit gesagt hatte.

Auch den Soldaten war das Blinken nicht entgangen. Zweifellos rückte dort eine stattliche Anzahl von Spiegelwesen an, so viele, daß man die Stärke ihrer Armee nicht einmal schätzen konnte. In den Gesichtern der Erneuerer zeigten sich Bestürzung und Furcht.

Die Tempelwächter aber jubelten vor Freude. Siegesgewiß rief ihr Hauptmann zu Nerima hinauf: „Wir geben dir noch drei Minuten Zeit, freiwillig herauszukommen! Wenn du den Tempel bis dahin nicht verlassen hast, werden wir ihn mit Hilfe der Spiegelwesen stürmen. Und dich werden wir nicht schonen, glaube mir!“

Thilo ballte die Fäuste und biß sich vor Aufregung auf die Unterlippe, als er das hörte. Auch der Bücherwurm verfolgte das Geschehen gespannt. So gefesselt waren die beiden von dem, was dort in der Ebene vor sich ging, daß sie jegliche Vorsicht außer acht ließen und aus ihrem Versteck hervortraten, um besser sehen zu können. In diesem Moment blickte die alte Magierin zufällig in ihre Richtung. In ihren Augen blitzte es kurz auf, und Thilo war sicher, daß sie ihn und den Bücherwurm gesehen hatte. Und dann, als hätte sie dadurch neuen Mut gewonnen, rief sie zu dem Hauptmann hinunter: „Niemals werde ich diesen Tempel verlassen! Ich fürchte euren Angriff nicht!"

„Sie hat uns entdeckt und hofft auf unsere Hilfe", flüsterte der Bücherwurm.

Thilo schluckte und nickte nur. Hoffentlich erwartete die Magierin da nicht zu viel von ihnen.

Mittlerweile trafen die ersten Spiegelwesen am Fuß des Berges ein. Es waren so viele, daß selbst die alte Magierin an ihrem Fenster blaß wurde und die Truppen der Erneuerer gar nicht erst den Versuch unternahmen, ihren Ansturm zu verhindern. In aller Stille schlichen sie davon.

Bald war die Ebene rund um den Tempel voller Spiegelwesen, und überall blitzten und blinkten ihre Spiegel.

Thilo war fassungslos vor Staunen, als er diese Wesen sah. „Die sehen ja aus wie Gelee", flüsterte er dem Bücherwurm zu.

Und damit hatte er zweifellos recht. Die kleinen, fast durchsichtigen Gestalten wirkten tatsächlich wie Wackelpudding und schillerten in den verschiedensten Farben. Sie waren zwar alle mit dicken Keulen und Stöcken bewaffnet, dennoch hielt jedes dieser seltsamen Wesen in seiner linken Hand einen Spiegel, in den es unablässig hineinstarrte. Denn für sie war ja nur das wirklich, was sie in ihren Spiegeln sahen.

„Nun, Alte", rief der Hauptmann höhnisch zum Turmfenster hinauf, „wenn du es nicht anders haben willst – zum Angriff!"

Mit ohrenbetäubendem Gebrüll stürmten die Tempelwächter, gefolgt von Tausenden bewaffneter Spiegelwesen, den Berg hinauf.

Thilo, der insgeheim gehofft hatte, der Berg wäre zu steil für die Angreifer, beobachtete mit Schrecken, daß die Soldaten tatsächlich vorankamen. Sie hatten jetzt ja keine Gegner mehr, die sie am Erklimmen hinderten.

„Der Sieg ist unser!“ brüllte einer der Tempelwächter und hieb auf einen Flammengeist ein, der sich ihm in den Weg stellte.

Von ihrem Fenster aus versuchte die alte Magierin verzweifelt, die angreifenden Truppen zu bannen, und sie schickte ihnen ganze Heere von eilig herbeigezauberten Kobolden, Gnomen und anderen kleinen Gehilfen entgegen. Aber die Angreifer waren ihnen zahlenmäßig so sehr überlegen, daß der Hauptmann nur höhnisch lachte. „Gebt’s ihnen, Kameraden!“ schrie er und schwang seinen Knüppel.

Da geschah etwas, das nicht nur die Tempelwächter in Angst und Schrecken versetzte, sondern auch Thilo und dem Bücherwurm den Atem stocken ließ. Die vielen tausend Spiegelwesen schlugen mit ihren Keulen und Stöcken dorthin, wo sie ihre Feinde sahen – mitten in ihre Spiegel! Das Zerspringen einer Unmenge von Glas und das Klirren von Millionen kleinster Scherben war weithin über die Ebene zu hören, begleitet von den unbeschreiblichen Entsetzensschreien der Spiegelwesen, die zum ersten Mal in ihrem Leben die Welt nicht in einem Spiegel sahen, sondern so, wie sie wirklich war. Und für ein solches Wesen war das undenkbar! In wilder Panik und ohne Orientierung taumelten sie den Berg hinunter und rannten schreiend und ziellos über die weite Ebene davon.

Damit hatte sich das Blatt urplötzlich gewendet. Mit einem Mal waren die Tempelwächter nicht mehr in der Überzahl und mußten aufpassen, daß sie nicht selbst überwältigt wurden. So war es für die Gehilfen der alten Magierin ein Kinderspiel, das eben noch so siegessichere Heer in die Flucht zu schlagen.

Thilo atmete erleichtert auf.

„Komm, laß uns zu ihr gehen“, schlug der Bücherwurm vor.

Langsam schritten die beiden über die mit Spiegelstücken und Glassplittern übersäte Ebene auf den Berg zu.

„Was meinst du, was wird jetzt aus den Spiegelwesen ohne ihre Spiegel?“ fragte Thilo.

„Wahrscheinlich werden sie sich neue machen. Nerima hat mir bei meinem ersten Besuch erzählt, daß sie ihre Spiegel selbst herstellen.“

Sie folgten einem schmalen, gewundenen Pfad hinauf zum Tempel. Es dauerte eine ganze Weile, aber schließlich hatten sie es geschafft: Sie standen oben auf dem Berg, und vor ihnen ragte der Tempel der tausend Murmeln in die Höhe.

Die alte Magierin kam ihnen entgegen. „Habt vielen Dank für eure Hilfe“, sagte sie zur Begrüßung. „Ich weiß nicht, ob ich ohne euch durchgehalten hätte.“

„Aber wir haben Ihnen doch gar nicht geholfen!“ entfuhr es dem Jungen. „Ich wollte, wir hätten helfen können – aber wir wußten nicht, wie!“

Die Magierin lächelte ihn an. „Ihr habt euch zu erkennen gegeben“, sagte sie, „als ich kurz davor war aufzugeben. Und damit habt ihr mich daran erinnert, daß die Sache, um die es geht, viel zu wichtig ist, um den Tempel einfach freiwillig zu verlassen. Eine bessere Hilfe hättet ihr mir gar nicht sein können!“

Wie gut, daß wir überhaupt vorgetreten sind, dachte Thilo. Hinter dem Felsen hätte sie uns bestimmt nicht sehen können. Und was für ein glücklicher Zufall, daß sie gerade in diesem Moment in unsere Richtung geschaut hat.

Erst später sollte ihm klarwerden, daß dies kein Zufall gewesen war – ja, daß es überhaupt zu keinem Zeitpunkt ihrer Reise etwas Zufälliges geben würde.

Nerima führte den Jungen und den Bücherwurm durch ein großes Tor in eine riesige Halle mit wunderschönen, hohen Glasfenstern, in die Halle der Erleuchtung. Die dicken schwarzen Vorhänge, welche die Tempelwächter hier einst angebracht hatten, waren von der Magierin schon längst wieder entfernt worden.

Staunend blieb Thilo vor einem der bunten Fenster stehen. Die Abendsonne schien herein, und das Glasmosaik war deutlich zu erkennen: Es zeigte die Stämme, die wild in den Wäldern lebten, auch die Spiegelwesen.

Der Junge ging von einem Fenster zum anderen. Auf dreien waren alle Lebewesen dargestellt, die es in Gaiareth gab. Das vierte Fenster zeigte das Feuer, das fünfte das Wasser, das sechste die Erde mit Steinen und Pflanzen und das siebte schließlich den Himmel, die Sonne, den Mond und die Sterne.

Thilo stellte sich in die Mitte der Halle und drehte sich bewundernd im Kreis. Er konnte von dieser Schönheit und Pracht gar nicht genug bekommen und hätte am liebsten alle Fenster gleichzeitig gesehen.

Als die Abendsonne besonders intensiv durch das Feuerfenster schien, hatte Thilo für einen kurzen Augenblick den Eindruck, daß in ihm selbst ein Feuer zu brennen anfing – ein seltsames Gefühl. Er wandte sich ab.

„Sind diese Fenster irgendwie verzaubert?“ fragte er die Magierin, die mit dem Bücherwurm etwas abseits stand und den Jungen schmunzelnd beobachtet hatte.

„Nein, das glaube ich nicht“, antwortete sie. „Allerdings weiß ich nicht viel über diese Fenster. Früher hatten sie eine besondere Bedeutung für die Menschen in Gaiareth. Das hängt alles irgendwie mit dem alten Wissen zusammen, das damals verlorengegangen ist. Wenn ihr es schafft, nach Turiya zu gelangen und die alte Weisheit in unsere Zeit zu bringen, dann werden wir auch wieder wissen, was es mit diesen Fenstern auf sich hat.“

Die alte Frau wandte sich um und stieg eine schmale Wendeltreppe aus glitzernden Silbermurmeln hinauf. Die Freunde folgten ihr in das oberste Turmzimmer. Sie konnten von hier aus die ganze Ebene überblicken. In weiter Ferne sahen sie den Wald und dahinter ein schroffes und kahles Felsmassiv emporragen.

„Das ist das sagenumwobene Rätselgebirge“, erklärte die alte Magierin. „Ich werde euch gleich etwas darüber erzählen, denn es gibt vieles, das ihr wissen müßt, wenn ihr von hier aus nach Turiya weiterzieht.“

Sie bot den beiden ein erfrischendes Getränk an und entfaltete dann eine große, vergilbte Karte auf dem Tisch des Turmzimmers. Draußen war bereits die Dämmerung hereingebrochen, und ein Gehilfe der Magierin brachte eine Petroleumlampe und zündete sie an. Die Flammengeister im Kamin taten ebenfalls ihr Bestes, den kleinen Raum zu erhellen – und auch zu erwärmen, denn es war inzwischen kühl geworden.

„Dies ist eine Landkarte von Gaiareth, soweit das Land mir bekannt ist", sagte die alte Frau, während Thilo und der Bücherwurm sich neugierig über den Tisch beugten. „Ich kann sie euch leider nicht auf eure Reise mitgeben. Schaut sie genau an und prägt euch alles ein!" Sie tippte mit dem Zeigefinger auf einen Punkt in der Mitte der Karte. „Hier befinden wir uns jetzt", fuhr sie fort, „rundherum erstreckt sich die Hochebene von Taoth."

„Was ist das für ein Fluß, der durch das Land fließt?" fragte Thilo.

„Das ist der Phántuin. Er entspringt irgendwo im Gebirge, und kein Gaiarether weiß, wohin er fließt, weil ihm noch niemals jemand so weit gefolgt ist."

„Warum ist denn Turiya nicht auf der Karte eingezeichnet?" wollte Thilo wissen.

„Das liegt daran, daß keiner weiß, wo die Stadt genau liegt. Sicher ist nur, daß sie irgendwo hinter dem Rätselgebirge zu finden sein muß, wenn man den alten Überlieferungen glauben darf. Doch wie weit dahinter, das weiß niemand. Kein heute lebender Gaiarether ist jemals auf der anderen Seite des Gebirges gewesen."

„Dann müssen wir also flußaufwärts, um zum Rätselgebirge zu kommen", folgerte der Bücherwurm, nachdem er sich noch einmal in die Karte vertieft hatte.

„Richtig", bestätigte die Magierin. „Der Phántuin kann euch in die Vergangenheit führen, denn ihr seid die einzigen, die sich in dieser Geschichte frei bewegen können. Habt ihr sonst noch irgendwelche Fragen zu eurer Reise?"

Nein, Fragen hatten Thilo und der Bücherwurm keine mehr. Nur ein wenig Angst. Aber das wollte keiner von ihnen zugeben. „Wenigstens ist das Land nicht sehr groß", meinte Thilo, „da werden wir Turiya bestimmt bald finden."

„Du hast recht, das Land ist nicht besonders groß“, sagte die alte Magierin, „aber vergiß nicht, daß euch diese Reise nicht nur durch den Raum, sondern vor allem auch durch die Zeit führen wird. Ich schlage vor, daß ihr morgen früh aufbrecht. Heute nacht könnt ihr hier im Tempel schlafen.“

Eine Reise in die Vergangenheit ..., dachte Thilo, während die Magierin die beiden zu ihrem Schlafgemach führte, ... ich möchte wissen, wie das gehen soll.

5

Die Wälder, die sich tief und scheinbar undurchdringlich vor dem Rätselgebirge ausbreiteten, wurden die Wälder der Winde genannt. Denn selbst an windstillen Tagen, wenn in ganz Gaiareth nicht der leiseste Luftzug zu spüren war, wehte hier ein immerwährender Wind. Manchmal war es nur eine leichte Brise, aber die meiste Zeit war er ziemlich kräftig.

Ab und zu blies er mit der Stärke eines Orkans, und an solchen Tagen waren diese Wälder von sonderbaren Geräuschen erfüllt. Sie entstanden, wenn der Wind durch eigenartig geformte Baumkronen brauste. Manche Bäume hatten nämlich hohle, durchlöcherte Äste oder Stämme. Fegte der Wind durch sie hindurch, erzeugte das Töne wie bei Blasinstrumenten. An anderen Bäumen wiederum hingen Blätter, wie kleine Schellen geformt, die ein silberhelles Klingen ertönen ließen, wenn sie vom Wind geschüttelt wurden.

Jeder Baum erzeugte seine Musik auf eine eigene Art und Weise. Und was dabei herauskam, war ein lautstarkes Konzert, an das sich manche Wanderer erst einmal gewöhnen mußten, wenn sie die Wälder der Winde durchqueren wollten.

Auch Thilo und der Bücherwurm erschraken erst einmal und lauschten dann ungläubig, als sie sich dem Waldrand näherten. Es war einer der Tage, an welchen der Wind stärker als sonst blies und eine Vielzahl von Geräuschen zu ihnen herübertrug – bald lauter, bald wieder leiser. Zuerst hörte es sich an wie zartes, helles Glockenspiel. Daraus wurde ein dumpfes Gepolter und im nächsten Moment ein Schwirren wie von den unzähligen Flügeln eines Maikäferschwarmes. Es klang unheimlich.

Langsam und zögernd gingen die beiden Freunde bis an den Rand des Waldes. Dort blieben sie stehen. Das Schwirren, Klingen, Summen und Dröhnen war hier so kräftig, daß man laut rufen mußte, um sich überhaupt verständlich zu machen.

„Müssen wir da wirklich rein?" schrie Thilo, die Hände trichterförmig an den Mund gelegt.

„Es ist der einzige Weg, der zum Rätselgebirge führt!" rief der Bücherwurm zurück.

Ein langgezogenes „Uuoooh!", begleitet von einem schrillen Pfeifton, kam aus der Tiefe des Waldes und verebbte. Thilo erschauerte. Am liebsten wäre er auf der Stelle umgekehrt.

Auch der Bücherwurm fürchtete sich. Doch er war entschlossen, diesen Weg zu gehen. So folgte ihm Thilo schließlich, immer am Fluß entlang, in das Dickicht des Waldes hinein.

Die Wälder der Winde waren trotz des ewig währenden Windes und der seltsamen Geräusche nicht unbewohnt. Hier hatten die Spiegelwesen, die Schlitzohren und einige andere wild lebende Urvölker ihr Zuhause. Es gab aber auch noch kleinere Lebewesen, die vortrefflich an die dort herrschenden Bedingungen angepaßt waren. So sahen die beiden Gefährten schon zu Beginn ihrer Wanderung zahllose kleine Blätterlinge, deren Körper wie bunte Herbstblätter aussahen und die sich vom Wind knapp über dem Erdboden dahintreiben ließen. Sorglos flogen sie Thilo vor den Füßen herum, und er mußte aufpassen, daß er nicht versehentlich auf einen von ihnen trat.

Zierliche Windhörnchen ließen sich hoch oben in den Bäumen von einem Ast zum anderen wehen, und über den Baumkronen zogen ganze Schwärme von Vögeln ihre Kreise, wobei sie wegen des ständigen Windes kaum mit den Flügeln schlagen mußten.

Doch weder Thilo noch der Bücherwurm nahmen sich die Zeit, diese wundersame Tierwelt genauer zu beobachten. Sie hatten genug damit zu tun, die Orientierung zu behalten und nicht vom Weg abzukommen, denn immer wieder drängte sie der starke Wind in eine andere Richtung, als sie es wollten. Keuchend kämpften sie dagegen an – auf einem schmalen Pfad, der in etwa parallel zum

Phántuin verlief. Von allen Seiten trompetete, pfiff und brauste es. Thilo hätte sich am liebsten die Ohren zugehalten, doch er brauchte seine Hände, um sich an Ästen und Zweigen festzuhalten.

Schließlich blieb der Bücherwurm stehen und klammerte sich erschöpft an den nächstbesten Baumstamm. „Ich kann nicht mehr“, stöhnte er, „ich weiß nicht, wie wir es jemals schaffen sollen, durch diesen Wald zu kommen.“

Thilo hielt sich an einem Ast fest. Es war die einzige Möglichkeit, nicht davongeweht zu werden. Der Wind hatte die Richtung gewechselt und kam nun von rechts.

„He!“ rief der Bücherwurm erschrocken, „wo ist denn der Fluß?“

Thilo sah sich um. Der Phántuin, ihr einziger Wegweiser durch die Wälder der Winde, war verschwunden. Ohne ihn war eine Orientierung völlig unmöglich.

„Er ist weg“, sagte Thilo müde. „Wir haben uns verirrt.“

In diesem Augenblick bereute Thilo es zum ersten Mal, daß er sich auf dieses Abenteuer eingelassen hatte. Es war doch ein Unterschied, ob man ein Buch las in der Gewißheit, daß es eben nur ein Buch ist, oder ob man zusammen mit einem Bücherwurm hineinkroch. Komisch, früher hatte er sich immer gewünscht, einmal wirklich in einer der Geschichten zu leben, die er las. Und nun sah es so aus, als wäre es dort auch nicht besser als in der Welt außerhalb der Bücher. Jetzt fehlte bloß noch schlechtes Wetter – wie an dem Tag, als er Herrn Klingel in seinem Laden besucht hatte. Wie lange war das eigentlich her? Einen Tag? Zwei Tage? Thilo wußte es nicht mehr.

Wie als Antwort auf seine Gedanken fing es tatsächlich an zu regnen. Und in den Wäldern der Winde war Regen besonders unangenehm, weil er nicht von oben nach unten fiel, sondern vom Sturm fast waagerecht durch den Wald getrieben wurde und manchmal von allen Seiten zu kommen schien.

„Wir müssen uns unterstellen!“ schrie der Bücherwurm. „Komm, wir müssen etwas suchen!“

Thilo ließ sich von ihm mitziehen. Irgendwie war ihm plötzlich alles egal.

In einem großen, hohlen Baum, der seine Äste einladend zur Seite ausgestreckt hielt, fanden sie Zuflucht. Mit Fingern aus Zweigen schien er auf ein Loch in seiner Rinde zu deuten, das einem riesigen, geöffneten Maul glich.

Thilo war der Baum unheimlich. Er fürchtete, verschluckt zu werden, als er mit dem Bücherwurm in das Innere des Baumes kletterte. Dort war es trocken, warm und vor allem nicht so stürmisch wie draußen. Der Boden war sogar mit feinem Sand bedeckt, wie geschaffen dafür, hier auszuruhen.

Die beiden suchten sich einen geeigneten Platz, an dem sie es bequem hatten, und bald schliefen sie tief und fest.

Aber sie waren nicht allein.

Es lebten Wesen hier in diesem Baum, die sie umgaben und bewachten. Doch sie blieben unsichtbar. Denn bis jetzt hatten Thilo und der Bücherwurm die Zeit nicht erreicht, in welcher die Menschen noch eins waren mit der Natur und mit den Naturgeistern in Frieden lebten.

Zu diesem Zeitpunkt marschierte ganz in der Nähe eine kleine Gruppe von Abgesandten der Spiegelwesen durch den Wald. Sie hatten sich am Rande der Wälder der Winde – dort, wo die weite Ebene beginnt – mit einem Tempelwächter zu einer geheimen Besprechung getroffen und waren nun auf dem Rückweg zu ihrem Volk.

Ein tiefer Ton wie aus einer riesengroßen Orgelpfeife weckte die Freunde am nächsten Morgen. Es war ihr Baum, der im auffrischenden Morgenwind in das Konzert der Bäume ringsum eingestimmt hatte.

Thilo drehte sich auf den Rücken und schaute nach oben. Jetzt, im ersten Morgenlicht, das von draußen hereinschimmerte, sah der Baum aus wie eine hohe Kathedrale – so hoch, daß die Spitze nicht mehr zu erkennen war.

Der tiefe Ton, den der Wind erzeugte, umbrandete Thilo wie tosende Wellen. Eine flüchtige Erinnerung stieg in ihm auf: Er sah sich wieder im Laden von Herrn Klingel, neben dem umgekippten Tisch und dem heruntergefallenen Kupfergeschirr. Es hatte ähnlich geklungen. Doch dieses Mal war ihm das tiefe Dröhnen überhaupt nicht unangenehm. Zusammen mit der Hintergrundmusik der anderen Bäume hörte es sich sogar gut an.

Thilo lag da, lauschte und wunderte sich darüber, daß ihn die Musik der Bäume noch gestern so gestört, ja, sogar geängstigt hatte. Er fühlte sich wie in einem Ozean von Tönen, und als er den Stamm des Baumes berührte, konnte er den Klang sogar fühlen. Der ganze Baum bebte!

Thilo staunte. Er hatte bisher nicht gewußt, daß man Töne auch fühlen kann.

Der Bücherwurm neben ihm räkelte sich und gähnte. Bücherwürmer haben für gewöhnlich kein sehr empfindsames Gehör. Sie sehen besser, als sie hören. Als aber der Baum jetzt einen besonders lauten Ton von sich gab und man die Wellen schon beinahe sehen konnte, die im Stamm hin- und herzufluten schienen, da war auch er mit einem Schlag hellwach.

„So ein Ton hat mich damals aus dem Buch hinausgeworfen!" rief er. „Erinnerst du dich? Als wir uns kennengelernt haben! Genau so ein Ton war es!"

„Ein Ton hat dich herausgeworfen?" fragte Thilo ungläubig. Zum ersten Mal dämmerte ihm ein Zusammenhang zwischen seiner ersten Begegnung mit dem Bücherwurm und dem Ton, den das heruntergefallene Kupfergeschirr erzeugt hatte. Wäre das nicht ein unglaublicher Zufall gewesen, daß ausgerechnet sein Mißgeschick genau das bewirkt hatte, wonach er sich gesehnt hatte – nämlich einen Bücherwurm zu sehen? Und er hatte damals gedacht, er hätte damit alles verpatzt!

„Und ob er mich geworfen hat! Er packte mich mit eiserner Faust und schleuderte mich hinaus", malte der Bücherwurm aus, „dir genau vor die Füße. Hoffentlich schleudert dieser Ton uns nicht auch …"

„Bestimmt nicht", beruhigte Thilo ihn.

So war das also mit den Tönen. Sie konnten sogar etwas bewirken. Man konnte sie hören – und fühlen. Ob man sie auch sehen konnte? Er hätte es gerne gewußt!

Thilo und der Bücherwurm standen auf, klopften sich den Sand von den Kleidern beziehungsweise aus dem Pelz und verließen den Baum, der sie so freundlich beherbergt hatte. Als sie durch die Öffnung hinausgeklettert waren, blickte der Junge noch einmal zurück – und erstarrte vor Staunen: Der Sand, auf dem sie gelegen hatten, schien plötzlich lebendig zu sein! Die Sandkörnchen tanzten und bildeten ein wunderschönes, kreisförmiges Muster, das sich mit dem lauter und leiser werdenden Ton ständig veränderte.

„Was ist denn los?" fragte der Bücherwurm.

„Ich sehe einen Ton!" rief Thilo begeistert.

Das Weitergehen war heute genauso beschwerlich wie am Tag zuvor. Thilo schaute in jeden hohlen Baum, an dem sie vorbeikamen. In den meisten war dieser tanzende Sand, aber mit etwas Mühe konnte man die kreisförmigen, ovalen und manchmal eckigen Muster auch in lockerer Erde oder im Gras erkennen. Es war tatsächlich so: Jeder Baum und jede Pflanze zeichnete ein eigenes Muster, das jeweils dem Ton entsprach, den sie erzeugten. Thilo war überwältigt.

Doch der Bücherwurm machte sich Sorgen. Denn sie waren immer noch ohne Orientierung, und es war völlig unklar, ob sie überhaupt vorankamen oder ob sie nur im Kreis gingen. Hinzu kam, daß der ewige Wind dauernd die Richtung änderte und sie nur langsam gehen konnten. Schon sehr bald mußten sie eine Pause einlegen.

„So geht es nicht weiter", sagte der Bücherwurm, „der Wind ist stärker als wir. Irgend etwas müssen wir uns einfallen lassen, damit wir besser gegen ihn ankommen."

„Warum lassen wir uns nicht einfach von ihm treiben?" meinte Thilo. „Ausprobieren könnten wir es doch wenigstens."

Der Bücherwurm sah Thilo an, als ob dieser den Verstand verloren hätte. „Was? Dann kommen wir nie ans Ziel! Dieser chaotische Wind bläst uns doch sonstwohin!"

„Ich weiß nicht", überlegte Thilo. „Ich bin mir nicht sicher, ob der Wind wirklich so chaotisch ist. Zumindest macht er mit diesen Bäumen eine wunderschöne Musik. Und außerdem gibt es in diesem Wald kein Tier, das sich nicht auf seine Weise mit dem Wind bewegt."

Das stimmte allerdings. Alle Tiere, die sie bisher gesehen hatten, liefen, sprangen oder flogen immer nur in Windrichtung. Offenbar gab es hier in den Wäldern der Winde keine andere Möglichkeit, sich sinnvoll fortzubewegen.

Das überzeugte den Bücherwurm schließlich. „Na gut", seufzte er. „Aber wohl ist mir nicht dabei ..." Mit diesen Worten ließ er den Ast los, an dem er sich festgehalten hatte – und los ging die Fahrt!

Von diesem Moment an änderte sich die Art ihrer Reise durch die Wälder vollkommen. Hatten sie sich bisher mühsam und beschwerlich gegen den Wind gestemmt, so war das, was sie jetzt taten, geradezu ein Kinderspiel, ja, das reinste Vergnügen! Mit dem Wind im Rücken flitzten sie nur so zwischen den Bäumen dahin und lachten. Zuerst versuchten sie noch, selbst die Richtung zu bestimmen, aber das gaben sie schnell auf. Der Wind hatte die Führung übernommen und bugsierte sie ohne ihr Zutun im Zickzackkurs durch den Wald.

In kürzester Zeit fanden sie sich auf einer Lichtung wieder. Und mitten durch sie hindurch floß – der Phántuin.

6

„Was habe ich bloß vergessen?“ fragte sich die alte Magierin nun wohl schon zum hundertsten Male. Unruhig schritt sie in ihrem kleinen Turmzimmer auf und ab und dachte nach. Seit der Bücherwurm und sein Freund sich verabschiedet hatten, war sie dieses seltsame Gefühl nicht mehr losgeworden, dieses Gefühl, vergessen zu haben, die beiden vor etwas zu warnen. Nur – vor was?

Und damit nicht genug: Letzte Nacht hatte sie von dem Jungen geträumt, der den Bücherwurm begleitete. Er war in eine Falle getappt und hatte dadurch den Plan, das alte Wissen wiederzufinden, scheitern lassen.

Die alte Frau blieb vor dem Kamin stehen und starrte mit gerunzelter Stirn in die lodernden Flammen. Was für eine Falle mochte das nur sein? Im Geiste ließ sie verschiedene mögliche Gefahren an ihrem inneren Auge vorüberziehen – aber die, von welcher der Traum gehandelt hatte, schien nicht dabeizusein.

Sie seufzte und versuchte es mit einer anderen Methode. Sie rief sich den Traum in allen Einzelheiten ins Gedächtnis zurück, bis sie das Bild von Thilo wieder deutlich vor Augen hatte. Lange betrachtete sie es und formulierte dann ihre erste Frage: „Wodurch können Kinder in Gefahr geraten?“

Es dauerte nicht lange, bis eine Stimme in ihr antwortete. Es war die Stimme des Teils in ihrem Selbst, der unendlich viel mehr wußte als sie. „Kinder spielen“, sagte die Stimme klar und deutlich.

Das war leider nicht die Antwort, die sich die Magierin erhofft hatte. „Kinder spielen ...“, wiederholte sie nachdenklich und wanderte weiter im Turmzimmer auf und ab.

Das Holz im Kamin knackte, und die Flammengeister tanzten ihren ewigen Tanz des Werdens und Vergehens. Ihre schmalen roten Gestalten spiegelten sich in der Kristallkugel auf dem Tisch vor dem Kamin.

Der Blick der Magierin fiel auf ihre leuchtende Kugel. Kinder spielen mit Spielzeug, stellte sie sich vor. „Womit spielen sie noch?"

Die Antwort kam ohne Zögern. „Kinder spielen mit allem, was bunt ist, lustig, abwechslungsreich, neu und unbekannt."

Die alte Magierin legte ein neues Scheit Buchenholz in das kleiner werdende Feuer. „Was ist bunt, lustig und abwechslungsreich? Was könnte das sein auf dem Weg nach Turiya?" fragte sie weiter – und plötzlich fiel ihr die Antwort ein: Maya! Die Stadt der tausendfachen Täuschung! Sie hatte vergessen, den beiden einzuschärfen, daß sie sich von Maya fernhalten mußten!

Die Flammengeister loderten auf und fielen prasselnd über das Buchenholz her, um es zu verschlingen.

Währenddessen standen Thilo und der Bücherwurm auf der Lichtung, zu der sie vom Wind getrieben worden waren, atemlos nach dem langen Lauf durch den Wald, aber mit fröhlichen Gesichtern.

„Beim grünen Ypsilon", sagte der Bücherwurm, als er wieder Luft bekam, „das ist ein bemerkenswerter Wind. Wenn wir weiter gegen ihn angekämpft hätten, wären wir vielleicht nie hier angekommen. Und so hat er uns einfach hergepustet!"

„Und Spaß hat es auch gemacht!" rief Thilo. „Komm, wir laufen zum Fluß!"

Der Phántuin, der hier viel schmaler war als am Tempelberg, schlängelte sich in vielen Windungen durch die Lichtung.

Thilo war als erster am Ufer. Mit einem Seufzer der Erleichterung setzte er sich ins Gras und zog seine Socken aus. Schuhe trug er ja nicht, denn seine Gummistiefel standen noch immer dort, wo er sie an jenem verregneten Abend ausgezogen hatte – in Herrn Klingels Antiquariat. Die Erinnerung daran kam dem Jungen jetzt seltsam und unwirklich vor, fast wie ein Traum.

Er tauchte seine Füße in das kalte Wasser. „Ah – das tut gut", sagte er zu dem Bücherwurm. Mit den Füßen im Wasser legte er sich zufrieden auf den Rücken und sah in den Himmel. Wie am Tag zuvor zogen Vögel in großen Schwärmen ihre Kreise über den Wäldern der Winde. Einige segelten mit weit ausgebreiteten Schwingen herab und ließen sich auf der Lichtung nieder, große Vögel mit prächtigem und buntem Gefieder. Es raschelte laut, als einer von ihnen im Geäst eines Baumes in Thilos Nähe landete. Der Vogel legte den Kopf schief, betrachtete den Jungen mit einem Auge und pfiff wie ein Wasserkessel.

„Ein Papagei!" rief Thilo. „Wie kommt der denn hierher?"

„Geh weiter", schnarrte der Papagei, „geh weiter, geh weiter."

„Gute Idee." Thilo lachte und sprang auf die Füße.

Aufgeschreckt flatterte der Papagei davon, und die beiden Freunde sahen ihm nach. „Ich möchte wirklich wissen ...", begann Thilo, doch der Bücherwurm unterbrach ihn: „Dreh dich mal um!"

Thilo wandte sich um. Nicht weit von ihnen, direkt am Ufer des Phántuin, stand eine kleine Gruppe von Spiegelwesen! Still und aufmerksam beobachteten sie den Jungen und den Bücherwurm, und ihre Spiegel glänzten in der Sonne.

„Seid willkommen in den Wäldern der Winde, ihr Fremden", ergriff einer das Wort und kam ein paar Schritte auf die beiden zu.

Jetzt, da Thilo einem Spiegelwesen zum ersten Mal direkt gegenüberstand, merkte er erst, daß sie fast einen Kopf kleiner waren als er. Und sie waren tatsächlich durchsichtig und schillerten in den verschiedensten Farben: lila, orangerot, hellgrün und türkis. Wenn sie hintereinanderstanden, mischten sich ihre Farben, und das sah wundervoll aus, besonders wenn gleichzeitig die Sonne durch sie hindurchschien.

Thilo grüßte etwas befangen und stellte sich und seinen Freund vor: „Mein Name ist Thilo, und das hier ist Olli, ein Bücherwurm. Wir sind auf der Durchreise."

„Es geschieht nicht oft, daß Fremde durch unsere Wälder kommen", sagte der Wortführer der Spiegelwesen. „Wohin führt euch euer Weg? Hinter diesen Wäldern gibt es nichts mehr, wohin man reisen könnte."

„Wir wollen in das Rätselgebirge“, antwortete Thilo, „genauer gesagt, liegt unser Ziel hinter dem Gebirge. Wir suchen die Stadt Turiya.“

„Das ist unmöglich“, sagte das Spiegelwesen entschieden. „Noch niemals hat jemand das Rätselgebirge überquert. Was dahinter ist, bleibt wohl für immer ein Geheimnis. Und Turiya, wenn es diese Stadt überhaupt jemals gegeben hat, befindet sich schon längst in weiter Vergangenheit.“

„Aber wir reisen ja in die Vergangenheit!“

Verwundert schauten sich die Spiegelwesen gegenseitig durch ihre Spiegel an und schüttelten verständnislos die Köpfe. „Das ist nicht möglich“, wandte sich ihr Sprecher schließlich wieder an die beiden Gefährten. „Die Zeit verläuft nur in einer Richtung und schreitet immer fort. Niemand kann sich in der Zeit rückwärts bewegen.“ Alle Spiegelwesen nickten zustimmend.

„Es mag sein“, mischte sich nun der Bücherwurm ein, „daß es für euch nicht möglich ist. Doch wir kommen aus einer anderen Welt, und uns ist es möglich. Deshalb haben wir von der alten Magierin den Auftrag bekommen, das alte Wissen in Turiya zu suchen und nach Taoth zu bringen.“

Da steckten die Spiegelwesen ihre Köpfe und Spiegel zusammen und tuschelten aufgeregt miteinander. Thilo sah den Bücherwurm unsicher und zweifelnd an. Sie hätten wohl doch besser nichts von ihrem Auftrag erzählen sollen.

Nach einer Weile trat der Sprecher auf die beiden zu. „Wenn es stimmt, was ihr sagt, seid ihr eine Gefahr. Jeder, der das alte Wissen sucht, ist gefährlich. Deshalb werden wir euch festnehmen.“ Und seine Begleiter wies er an: „Fesselt sie!“

Zwei junge Spiegelwesen traten vor, von denen jeder ein zusammengerolltes Seil über der Schulter trug. Damit verschnürten sie alle beide fachmännisch, wobei sie kein Auge von ihren Spiegeln ließen. Eigentlich hatte Thilo fast erwartet, sie würden die Seile um ihre Spiegel schlingen, aber offenbar konnten sie beim Fesseln mit ihren Spiegeln besser umgehen als bei der Kriegsführung. „Fertig“, verkündeten sie, als auch der letzte Knoten so fest saß, daß keine Bewegung mehr möglich war.

„Gut so". Der Wortführer war zufrieden. „Dann wollen wir weiterziehen. Nehmt die Gefangenen mit!"

Das war nun allerdings gar nicht so leicht. Denn die Spiegelwesen sahen nicht nur durchsichtig und zerbrechlich aus – sie waren es auch. Der Junge und der Bücherwurm waren viel zu schwer für sie. Eine Weile versuchten sie vergeblich, die beiden hochzuheben, gaben es aber schließlich auf. Ziemlich ratlos standen sie um ihre Gefangenen herum und beratschlagten, was zu tun sei.

Thilo beobachtete die Spiegelwesen und wunderte sich darüber, daß er überhaupt keine Angst hatte – obwohl er doch gefangen und gefesselt war! Er empfand vielmehr eine merkwürdige Zuversicht – dies alles würde schon gut ausgehen. Ähnlich hatte er sich auch vorhin gefühlt, als sie sich vom Wind frohgemut ins Ungewisse hatten treiben lassen. Er wandte sich seinem Kameraden zu, der neben ihm gefesselt auf dem Boden lag, und war überrascht: Der Bücherwurm hatte, im Gegensatz zu ihm, sehr große Angst!

Verzweifelt schaute er Thilo an und flüsterte: „Bitte, paß gut auf mich auf! Und wenn du fliehen kannst, nimm mich mit!"

Thilo war erschüttert. Damit hatte er nicht gerechnet. Er hätte schwören können, daß er selbst der größte Angsthase und Feigling weit und breit sei. Und nun suchte jemand bei ihm Schutz – ausgerechnet bei ihm!

Inzwischen schienen die Spiegelwesen eine Lösung gefunden zu haben. Ein gelbes, das Thilo in seiner Durchsichtigkeit stark an einen angelutschten Zitronenbonbon erinnerte, war auf die Idee gekommen, die Gefangenen einfach an einem Seil in den Fluß zu legen und auf dem Wasser treiben zu lassen, dann könnte man sie ganz leicht ziehen.

Dieser Vorschlag wurde mit großem Beifall aufgenommen und sowohl Thilo als auch der Bücherwurm die Böschung hinab in das Wasser des Phántuin gerollt.

Der Bücherwurm schimpfte trotz seiner Angst wie ein Rohrspatz, als er mit lautem Platschen in das Wasser fiel. Wie alle

Bücherwürmer, die sich eigentlich nur in Staub, trockenem Papier und Druckerschwärze so richtig wohl fühlen, war er ausgesprochen wasserscheu.

Ganz anders erging es Thilo. Das Wasser war für ihn angenehm kühl und erfrischend, und nach dem Rennen durch den Wald empfand er es als eine Wohltat, sich durch den Fluß ziehen zu lassen. Wäre die Lage nicht so ernst gewesen, er hätte seinen Spaß an der Sache gehabt.

Auf diese Weise gelangten die beiden Gefährten zu ihrem Ziel – dorthin, wo der Wald aufhörte und das Rätselgebirge begann. Wären sie jetzt frei gewesen, hätte sie nichts daran hindern können, sofort mit dem Besteigen des Gebirges zu beginnen. So aber waren sie Gefangene und mußten den kleinen Wesen, die sie gefesselt hatten, zu ihrem Lager folgen.

Die Spiegelwesen waren ein Wandervolk. Sie lebten in geflochtenen Hütten, die von ihnen an jedem Lagerplatz aus Zweigen und Gräsern neu errichtet und so gut getarnt wurden, daß man sie zwischen den Büschen und Bäumen kaum erkennen konnte. Das war für die Spiegelwesen wichtig, denn obwohl sie umherzogen, waren sie im Grunde ausgesprochen sicherheitsbedürftig und ängstlich. Ja, eigentlich war ihre Art zu leben gar nicht das, was sie wirklich wollten. Sie würden viel lieber in einer gut gesicherten Stadt ansässig werden. Daß sie trotzdem weiterhin hier in den Wäldern umherzogen, hing mit einem Mythos zusammen, der bei ihnen schon seit langer Zeit von Generation zu Generation weitererzählt wurde:

Als Alles-Was-Ist Gaiareth erschuf, formte er als Krönung seiner Schöpfung die Spiegelwesen aus reinstem Kristall und in allen Farben des Regenbogens. „Dies sind die reinsten und klarsten Wesen, die ich je erschaffen habe", sprach er. „In ihnen soll sich die Schönheit meiner Schöpfung widerspiegeln, und meine Macht soll durch sie hindurchscheinen." Und er setzte die ersten Spiegelwesen in einen Garten, errichtete zu ihrem Schutz eine hohe Mauer darum und gab ihnen alles, was sie sich nur wünschen konnten. Nur eines verlangte er dafür: Sie sollten niemals in den See in der Mitte des Gartens schauen, denn das war der See des Erkennens.

Doch die Spiegelwesen gehorchten nicht. Sie schauten in den See und erblickten die Schönheit und Macht, die aus ihnen leuchtete. Da sagten sie zueinander: „Wie schön wir sind! Selbst Alles-Was-Ist in all seiner Pracht kann nicht schöner sein als wir!"

Als Alles-Was-Ist das hörte, wurde er sehr zornig und vertrieb sie aus dem Garten. „Nie wieder sollt ihr Schutz und Sicherheit genießen", sprach er, „zur Strafe sollt ihr ein Wandervolk sein, bis ihr eure Verblendung bereut habt! Weil ich aber Erbarmen mit euch habe, gebe ich euch etwas mit, das euch hilft, die Welt richtig sehen zu lernen." Und er nahm die spiegelnde Oberfläche des Sees und drehte sie um, da wurde der Spiegel des Erkennens zum Spiegel der ewigen Frage. Alles-Was-Ist zerschlug diesen Spiegel in zahllose kleine Scherben, aus denen die Spiegel wurden, welche die Spiegelwesen künftig stets bei sich tragen sollten. Die ewige Frage nach dem Sinn ihres Lebens aber läßt sie bis heute ruhelos umherziehen – auf der Suche nach einer Antwort.

Am Rande des Waldes machte der Fluß eine leichte Biegung nach rechts. Das Lager der Spiegelwesen lag dagegen links vom Fluß, ein Stück weit vom Ufer entfernt. Thilo und der Bücherwurm wurden die Böschung hinaufgezogen, und der Wortführer der Spiegelwesen sagte zu ihnen: „Wir werden euch jetzt die Fesseln abnehmen, damit ihr bis zu unserem Lager gehen könnt. Aber bildet euch nicht ein, daß ihr fliehen könnt. Wir sind sehr schnelle Läufer, und außerdem ist unser ganzes Volk in der Nähe. Wir hätten euch sofort wieder eingefangen."

Thilo wußte, daß dies leider der Wahrheit entsprach. Bereits beim Tempel der tausend Murmeln hatte er gesehen, wie groß das Volk der Spiegelwesen war. Einem solchen Schwarm konnte man nicht entkommen, außer vielleicht mit einem Trick. Noch während ihnen die Fesseln abgenommen wurden und sich die Gruppe mit den beiden Gefangenen in ihrer Mitte langsam in Bewegung setzte, dachte der Junge fieberhaft darüber nach, wie ein solcher Trick aussehen könnte.

Der Weg führte am Waldrand entlang. Das Geräusch der Bäume, das Thilo mittlerweile liebgewonnen hatte, begleitete sie. Rechts von ihnen ragten die Gipfel des Rätselgebirges in die Wolken. Er fragte sich, ob sie wohl jemals dieses Gebirge überwinden würden.

„Warum ist das, was wir vorhaben, für euch eigentlich gefährlich?" Mit dieser Frage versuchte Thilo das Spiegelwesen an seiner Seite in ein Gespräch zu verwickeln. Er erinnerte sich nämlich daran, daß Gefangene dadurch Zeit zu gewinnen versuchen, um sich einen Fluchtplan zurechtlegen zu können. Zumindest stand es so in vielen Büchern, die er bisher gelesen hatte.

„Das alte Wissen ist nun einmal gefährlich", antwortete das Spiegelwesen, das zu Thilos Freude sehr redselig war. „Das Leben soll wie eine Frage nach dem Sinn und nach der Wahrheit sein. Wer aber meint, er hätte das Wissen, der fragt nicht mehr. Nur wer immer wieder in Frage stellt und skeptisch alles hinterfragt, der hat die Chance, die richtige Antwort auf das Leben zu bekommen."

„Wäre es denn so schlimm, wenn man das Wissen hätte und nicht mehr fragen müßte?" wollte Thilo wissen und ging etwas langsamer, weil er in der Ferne einige Spiegelwesen wahrnahm, die ihnen entgegenkamen.

Das Spiegelwesen blickte Thilo schockiert in seinem Spiegel an. „Es wäre schrecklich", sagte es. „Ich glaube, dir sind die einfachsten Wahrheiten noch unbekannt. Du brauchst dringend Belehrung. Übrigens kannst du dich glücklich schätzen, daß du gerade an mich geraten bist. Ich zähle in unserem Volk nämlich zu den Wissenden."

Thilo fand, daß es eigentlich ein Widerspruch ist, zu den Wissenden zu zählen und gleichzeitig das alte Wissen für gefährlich zu halten – aber das Spiegelwesen fuhr unbeirrt fort: „Erstens weißt du nicht, was das sogenannte alte Wissen überhaupt ist. Vielleicht ist es etwas völlig Falsches. Es ist immer besser, sich auf das zu verlassen, was man selbst sehen kann. Zweitens erreichst du nur durch distanziertes und hinterfragendes Beobachten, daß du von der Welt um dich herum getrennt bleibst. Es könnte sonst am Ende so weit kommen, daß du gar keine eigene Persönlichkeit mehr hast und völlig in der Welt aufgehst. Einssein mit allem! Verstehst du? Das wäre entsetzlich!" Das Wesen schüttelte sich angewidert bei dieser Vorstellung.

„Einheit!" schrie plötzlich ein vorbeifliegender Papagei, als wollte er das Spiegelwesen ärgern. Er setzte sich in einiger Entfernung auf einen Baumstumpf und wiederholte: „Einheit! Einheit!"

Das Spiegelwesen hob einen Stein auf, warf ihn nach dem Vogel und verfehlte ihn nur um Haaresbreite. Kreischend flatterte der Papagei davon.

Thilo war mit seinen Gedanken noch bei dem, was das Spiegelwesen gesagt hatte. „Kämpft ihr deshalb auf der Seite der Tempelwächter im Krieg um den Tempel der tausend Murmeln?" hörte er sich fragen und wunderte sich gleichzeitig über das, was er da sagte – es war, als hätte ein anderer aus ihm gesprochen.

Die Spiegelwesen blieben wie angewurzelt stehen und starrten ihn an. „Woher weißt du vom Tempel der tausend Murmeln? Und woher weißt du, daß wir vorhaben, die Tempelwächter zu unterstützen?" fragte ihr Sprecher.

Du vergißt, daß wir aus der Zukunft kommen, wollte Thilo eigentlich sagen, aber statt dessen antwortete er: „Geht nicht zum Tempel! Noch habt ihr die Chance, euch für eine andere Zukunft zu entscheiden! Ihr seid nicht für den Krieg geschaffen. Wenn ihr trotzdem mitmacht, wird eure Sicht der Welt zerbrechen, die ihr euch so mühsam aufgebaut habt. Überlegt es euch gut, ob ihr stark genug seid, das zu ertragen!"

Der Bücherwurm sah Thilo erstaunt an. Der Wortführer der Spiegelwesen aber sagte zu seinen Begleitern: „Die beiden sind gefährlicher, als wir dachten. Es wird Zeit, daß wir zu unserem Lager kommen. Laßt euch nicht verwirren und paßt auf sie auf! Los jetzt!"

Die beiden Freunde wurden zur Eile angetrieben. Offensichtlich wollten die Spiegelwesen ihre Gefangenen möglichst schnell in Sicherheit verwahrt wissen.

Der Bücherwurm sah völlig verzweifelt aus. Gleich sind wir da, dachte er, und dann ist alles aus.

Thilos Blick suchte den Waldrand ab, schweifte zum Rätselgebirge und blieb plötzlich an einer seltsamen Erscheinung hängen, die er sich ganz und gar nicht erklären konnte: Nicht weit entfernt schwebte dicht über dem Erdboden so etwas wie eine dicke weiße

Wolke. Seine Augen weiteten sich vor Erstaunen. Als er noch einmal genauer hinsah und erkannte, daß es dichter Dampf war, der dort aufstieg wie aus einem riesengroßen Teekessel, erinnerte er sich an die Landkarte, welche die alte Magierin ihnen gezeigt hatte. Da war auch irgendwo eine Wolke eingezeichnet gewesen. Er hatte die Magierin damals nicht danach gefragt, und sie hatte ihnen auch nichts darüber gesagt. Wie auch immer, dachte Thilo, wo solch eine Wolke aufsteigt, muß Wasserdampf sein. Und plötzlich fiel ihm ein, welcher Trick ihnen helfen könnte, sich zu befreien und in Sicherheit zu bringen.

„Komm! Wir hauen ab!“ zischte er dem Bücherwurm zu. Ehe die Spiegelwesen begriffen, was geschah, hatte er sich von seinen Bewachern losgerissen, Olli am Nackenfell gepackt und war mit ihm, so schnell er konnte, fortgerannt – in Richtung der weißen Wolke.

Eine Sekunde lang standen die Spiegelwesen starr vor Verblüffung. Dann aber liefen sie laut schreiend hinter den beiden her. Auch die kleine Gruppe, die ihnen vom Lager aus entgegengekommen war, beteiligte sich sofort an der Verfolgung. Und sogar im Lager hatte man die Flucht der Gefangenen bemerkt. So kam es, daß im Nu das ganze Volk der Spiegelwesen Thilo und den Bücherwurm verfolgte.

Die Lage schien aussichtslos. Trotzdem rannten die beiden Freunde, was das Zeug hielt. Als der Bücherwurm über einen Stein stolperte, zerrte Thilo ihn unbarmherzig wieder hoch und zog ihn weiter. Schon hörten sie das Gebrüll der Verfolger immer näher kommen.

„Laß doch!“ keuchte Olli. „Sie holen uns sowieso ein.“

Thilo antwortete nicht. Er rannte, so schnell er konnte, und schleifte dabei seinen Freund, der die Augen geschlossen hatte und einer Ohnmacht nahe war, hinter sich her.

Die Spiegelwesen waren wirklich sehr schnelle Läufer. Sie hatten den Vorsprung der beiden Flüchtenden rasch aufgeholt, und schon streckte das erste seine Hand nach dem Bücherwurm aus – da geschah etwas Eigenartiges. Der Bücherwurm wurde für das Spiegelwesen immer undeutlicher und löste sich in weißem Nebel auf.

Der Spiegel zeigte kein Bild mehr! Die Welt war auf einmal verschwunden!

Entsetzt blieb das Spiegelwesen stehen. „Ich sehe nichts mehr!" schrie es. „Wo seid ihr alle?" Tastend streckte es seine Hände aus – griff aber nur ins Leere. Rundherum hörte es die Schreckensrufe seiner Artgenossen, denen es offenbar genauso ergangen war.

Das letzte der Spiegelwesen, das gerade in den Dampf hineinlief, blieb wie erstarrt stehen. Auch sein Spiegel begann zu beschlagen. Nach allen Seiten tastend, ging es zögernd ein paar Schritte zurück – und siehe da: Der weiße Nebel verschwand allmählich, und der Spiegel zeigte wieder klar und deutlich das Bild der Umgebung. Das erschien dem Wesen wie Zauberei.

Um sich zu vergewissern, ging es noch einmal vorwärts, und auch dieses Mal wurde die Welt undeutlich und drohte zu verschwinden. Schnell machte es kehrt und wartete, bis es wieder klar sehen konnte. Dann rief es den anderen Spiegelwesen zu: „Zurück! Wir müssen alle zurück! Die weiße Wolke macht uns blind!"

Es rief so laut und so lange, bis alle wieder aus der Wolke herausgefunden hatten. Dann mußte das Volk der Spiegelwesen unverrichteter Dinge abziehen.

Die Gefangenen waren ihnen entwischt. Schimpfend und murrend machten sie sich auf den Heimweg. Fortan mieden sie und auch ihre Nachkommen die Gegend um die weiße Wolke.

Thilo und der Bücherwurm waren mittlerweile längst im Inneren der Wolke angelangt. Hier war es heiß und feucht, und das Atmen fiel ihnen schwer. Aus tiefen, kreisrunden Erdlöchern schossen im Abstand von wenigen Sekunden kochendheiße Wasserfontänen empor, die in der Luft sofort verdampften. Überall zischte, brodelte und blubberte es wie in einer Hexenküche, aber das war den beiden ganz recht. So konnten sie sicher sein, daß kein Spiegelwesen sie finden würde.

Thilo ging, so nahe er konnte, an die heißen Quellen heran. Hier war die Hitze zwar kaum noch zu ertragen, doch er fühlte sich im dichtesten Dampf am sichersten.

Behutsam ließ er den Bücherwurm, den er noch immer fest am Nackenfell gepackt hielt, zwischen den Wasserfontänen zu Boden gleiten. Da schlug dieser die Augen auf, sah sich um und stöhnte: „Ach du grünes Ypsilon! Erst kaltes und jetzt heißes Wasser und zwischendurch nicht einmal trocken geworden. Das ist zuviel für mich!“ Damit legte er sich auf die Seite und schloß die Augen wieder.

Erschrocken kniete Thilo sich neben ihn, um festzustellen, ob er überhaupt noch atmete. Erleichtert hörte er, daß Olli leise schnarchte. Auch der Junge wurde auf einmal sehr müde und sehr schwach.

Seltsam! Ob das an der Hitze lag? Er versuchte aufzustehen, doch es gelang ihm nicht mehr. Da streckte er sich neben seinem Freund auf dem Boden aus, und kaum hatte er sich hingelegt, da fielen ihm auch schon die Augen zu.

Um die Schlafenden herum blubberte und dampfte es bedrohlich weiter. Keiner der beiden merkte, wie der Dampf immer dichter wurde und die Luft, die sie atmeten, immer stickiger. Sie schliefen tief und fest, und nichts hätte sie jetzt aufwecken können.

Deshalb spürten sie auch nicht, wie sie plötzlich von vielen kleinen Lebewesen, die von überall her auftauchten, vorsichtig emporgehoben und langsam davongetragen wurden.

7

Maya, die Stadt der tausendfachen Täuschung, lag im Nebel der Welt, der auch Wolke des Nichtwissens genannt wurde, und das war gar nicht weit entfernt von der Stelle, an der Thilo und der Bücherwurm eingeschlafen waren.

Es war ein sehr tiefer Schlaf – so tief er nur sein konnte, wenn man zuviel eingeatmet hatte von den Dämpfen, die den Nebel der Welt erzeugten. Weder Thilo noch der Bücherwurm hatten eine Vorstellung davon, wie lange sie geschlafen hatten, als sie erwachten – und zwar in einem Wohnzimmer!

Es war ein ausgesprochen kleines Wohnzimmer. Alles, vom Sofa bis zur Tür, schien auf die Größe eines kleinen Kindes abgestimmt zu sein. Aber noch etwas anderes war eigenartig an diesem Wohnzimmer, das merkte Thilo sofort. Nur hätte er beim besten Willen nicht sagen können, was das war.

Ein angenehmes Dämmerlicht erfüllte den Raum. Trotzdem war es hell genug, daß Thilo alles erkennen konnte. Direkt neben sich sah er einen kleinen Tisch aus massivem, hellem Holz und daneben zwei Sessel mit gelben Seidenkissen. Ein großer Wandschrank, der bis zur Decke reichte, enthielt verschiedenfarbiges Geschirr und kleine Figuren, die zu einem Spiel zu gehören schienen. In einer Ecke stand ein mit buntem Stoff bezogenes Sofa, und darüber an der Wand hingen Bilder mit seltsamen Motiven wie zum Beispiel Säulen, Vasen, Bälle, Telefone und Kaffeekannen. Seltsam daran war, daß sie alle eigenartig wirklich aussahen, so wirklich, daß Thilo meinte, sie mit Händen greifen zu können. Überhaupt war es das, was ihm schon von Anfang an sonderbar an diesem Zimmer vorgekommen war: Alles, was er sah, schien ganz besonders greifbar und wirklich zu sein, viel mehr, als er es bisher jemals gesehen oder empfunden hatte – so sehr, daß er sich unweigerlich davon angezogen fühlte.

Erstaunt über diese Feststellung richtete Thilo sich auf und betrachtete die Gegenstände um sich herum noch genauer. Auch der Bücherwurm an seiner Seite blickte sich verwundert um.

Auf einmal öffnete sich die Wohnzimmertür. Drei kleine und zwei etwas größere Gestalten, die Ähnlichkeit mit putzigen Äffchen hatten, stürmten herein. Offensichtlich handelte es sich um eine Familie. Sie liefen durch das Zimmer und öffneten aufgeregt miteinander schwatzend alle Schranktüren. Es dauerte eine Weile, bis sie Thilo und den Bücherwurm bemerkten, was erstaunlich war, denn immerhin saßen die beiden mitten im Wohnzimmer auf einem blau und grün gemusterten Teppich.

Verblüfft betrachteten sie die beiden Freunde. „Wo kommt ihr denn her?“ fragte der Größte von ihnen. Es schien der Vater zu sein.

„Ich habe keine Ahnung“, antwortete Thilo wahrheitsgemäß. „Wir sind eingeschlafen – und irgend jemand muß uns dann hierhergebracht haben.“

„Wahrscheinlich diejenigen, die vor uns hier gewohnt haben“, vermutete einer der drei Kleinen. „Wir sind nämlich eben erst eingezogen“, fügte er noch hinzu.

„Aha“, sagte Thilo. Das erklärte natürlich das aufgeregte Herumlaufen. Er wäre auch gerne einmal umgezogen.

„Und wer seid ihr?“ fragte der Bücherwurm.

„Wir sind Mayaner“, antwortete der Vater, „und wir wohnen jetzt hier.“

„Mayaner?“ Thilo sah ihn fragend an.

„Ja, Einwohner von Maya“, gab der Vater bereitwillig Auskunft. „Wieso fragt ihr? Wißt ihr wirklich nicht, wo ihr seid?“

Thilo und Olli schüttelten die Köpfe, aber da liefen die fünf schon wieder los, um das ganze Haus zu erkunden. „Ihr könnt ruhig hierbleiben“, sagte die Mutter noch und folgte den anderen.

Der Bücherwurm schaute den Jungen an. „Also, wenn du mich fragst, dann laß uns so schnell wie möglich von hier verschwinden. Mir gefallen diese Leute gar nicht."

„Mir gefällt es hier ganz gut", entgegnete Thilo. „Ich würde auch gerne dieses Haus durchsuchen. Ich bin neugierig, was es hier noch alles gibt."

„Denk daran, daß wir nach Turiya wollen", erinnerte ihn der Bücherwurm an ihre Aufgabe. „Wir haben einen Auftrag, und wir dürfen keine Zeit verplempern!"

Doch Thilo war schon aufgestanden und holte die Spielfiguren aus dem Schrank. Kurze Zeit später saß er mit den drei Kindern aus Maya auf dem Wohnzimmerteppich und spielte mit ihnen. „Schade, daß man nur so selten umzieht", sagte er, als sie mit dem Spiel fertig waren und sich auf die Suche nach etwas Neuem machten.

„Aber wir ziehen doch morgen wieder um", sagte eines der Kinder. „Das ist hier in Maya immer so. Jeder zieht jeden Tag in ein neues Haus."

„Das ist ja toll!" Thilo strahlte. „Hast du das gehört?" rief er zu seinem Freund hinüber.

Der schien davon gar nicht begeistert zu sein. „Vergiß nicht, daß wir weiter müssen", brummte er.

„Aber einen Tag bleiben wir noch, ja?" rief Thilo und war schon im Nebenzimmer verschwunden.

Aus einem Tag wurden zwei, aus Tagen wurden Wochen, und aus Wochen wurden Monate. Jeder Umzug war aufregender als der vorhergehende, und jedes Haus war prall gefüllt mit neuen Überraschungen.

Ohne es wirklich zu wollen, trieben Thilo und der Bücherwurm wieder mit im Fluß der Zeit – und zumindest der Junge dachte längst nicht mehr daran, daß sie eigentlich auf dem Weg nach Turiya sein sollten. Er hatte auch gar keine Zeit mehr zum Nachdenken, denn es gab immer etwas zu tun.

Nur selten gingen die beiden Freunde und die Familie aus Maya nach draußen, denn direkt vor der Haustür begann der Nebel der Welt, die Wolke des Nichtwissens. Und die war so dick, daß man nicht einmal erkennen konnte, ob es eine gegenüberliegende Straßenseite gab oder nicht.

So verließen sie das Haus nur einmal am Tag, nämlich zum Umziehen, und verbrachten ihre Zeit ansonsten mit Stöbern, Entdecken und Spielen. Nach und nach schienen die Häuser und die Dinge, die es darin gab, immer mehr zur einzigen Wirklichkeit zu werden. Und alles, was es sonst noch gab, wurde schließlich bedeutungslos – wie ein Traumbild, das mehr und mehr verblaßte. Nur der Bücherwurm hatte sich noch eine vage Erinnerung an den Auftrag bewahrt, den sie von der alten Magierin bekommen hatten. Doch er hatte es längst aufgegeben, Thilo zum Weitergehen zu ermahnen. Wahrscheinlich hätte es nicht mehr lange gedauert, bis auch er ihre eigentliche Aufgabe vergessen hätte.

Doch da geschah etwas Unerwartetes. Es war neblig, wie an jedem anderen Tag auch, und sie zogen um, wie an jedem anderen Tag auch. Thilo, die drei Mayanerkinder und deren Eltern stürmten in das Haus, wie sie es immer taten, rannten durch die Zimmer und öffneten alle Schränke. Nur der Bücherwurm stutzte, als er das Haus betrat. Alles kam ihm irgendwie bekannt vor, alles war wie in dem Haus, wo sie vor langer Zeit einmal angekommen waren: Da lag der blau und grün gemusterte Teppich im Wohnzimmer, da war auch der Schrank mit den bunten Spielfiguren und das Bild mit der Kaffeekanne über dem Sofa.

„Schaut nur, was es hier gibt!“ rief Thilo begeistert, als er den Wohnzimmerschrank geöffnet und einige Spielfiguren herausgenommen hatte. Zusammen mit den drei kleinen Mayanern setzte er sich auf den Teppich, um zu spielen.

Dem Bücherwurm lief es eiskalt über den Rücken. „Wir sind hier schon mal gewesen, Thilo! Merkst du das nicht? Es geht immer nur im Kreis!“ Doch Thilo schien ihn gar nicht zu hören.

Von diesem Tag an wartete der Bücherwurm auf eine günstige Gelegenheit, die Stadt zusammen mit seinem Freund verlassen zu können. Ihm war schon klar, daß Thilo nicht freiwillig mitkommen würde, aber er war bereit, ihn notfalls auch gewaltsam mitzuschleppen – so wie Thilo es auf der Flucht vor den Spiegelwesen mit ihm gemacht hatte.

Der Aufenthalt in den Häusern wurde dem Bücherwurm immer unerträglicher. Er verbrachte viel Zeit damit, draußen im Nebel herumzuwandern und nachzudenken. Längst hatte er herausgefunden, daß die einzige Straße in der Stadt der tausendfachen Täuschung im Kreis herum führte und daß es aus diesem ewigen Kreislauf kein Entrinnen gab, wenn man sich nicht bewußt von den Dingen abwandte, die immer wieder so neu und aufregend erschienen. Irgend etwas an diesen Häusern und den Gegenständen darin übte eine unerklärliche Anziehungskraft auf jeden aus, der sich damit beschäftigte. Und sein Freund schien dieser faszinierenden Macht bereits verfallen zu sein.

Der Bücherwurm konnte sich beim besten Wissen nicht vorstellen, wie er ihn doch noch von der Sinnlosigkeit des Kreislaufs überzeugen könnte, in dem sie sich befanden.

Doch schließlich reichte ein einziges Wort. Und es kam auch nicht von Olli, sondern von einem dieser sprechenden Vögel, die überall in Gaiareth herumzufliegen schienen.

Es war das Wort Freiheit, und der Papagei, der es rief, sprach es noch nicht einmal klar und deutlich aus, sondern krächzte es kaum verständlich, während er über die Häuser von Maya hinwegflog.

In Thilo bewirkte es jedenfalls Erstaunliches. Mit einem Mal erinnerte er sich an jenen Abend, an dem er Herrn Klingel in seinem Laden besucht und ihm erzählt hatte, daß er sich nur dann richtig frei fühle, wenn er ein Buch lesen würde – weil er dabei wie in einer anderen Welt lebe. Herr Klingel hatte damals gesagt, daß wahre Freiheit nicht davon abhängig ist, in welcher Welt man lebt, und daß das Lesen eines Buches sogar unfrei machen kann. Und daß nur der wirklich frei ist, der so handeln kann, wie es seinem wahren Wesen entspricht.

Während Thilo noch an dieses Gespräch dachte, fiel ihm alles wieder ein, was er vergessen hatte: die Begegnung mit dem Bücherwurm, der Tempel der tausend Murmeln, die alte Magierin, der Auftrag und ihr Ziel – Turiya! Thilo fühlte sich, als sei er eben aus einem langen Schlaf erwacht. Plötzlich wußte er, was jetzt, in diesem Augenblick, seinem wahren Wesen entsprach. Er ließ das Spielzeug liegen, mit dem er sich gerade beschäftigt hatte, und ging zu seinem Freund nach draußen.

Der Nebel der Welt hüllte sie ein, dichter und undurchdringlicher als je zuvor. Doch die beiden Gefährten verloren jetzt keine Sekunde mehr. Ohne sich noch einmal umzudrehen, suchten sie den Weg aus der Stadt.

Es dauerte eine ganze Weile, bis der Nebel sich lichtete und in der Ferne das Rätselgebirge auftauchte, erst nur in Umrissen, doch dann immer deutlicher. Schließlich hatten die beiden die Wolke des Nichtwissens hinter sich gelassen.

Nach dem langen Aufenthalt im Nebel waren sie zunächst wie geblendet von der Helligkeit, die sie jetzt umgab. Ein kalter Wind blies von den Wäldern der Winde her und pfiff ihnen um die Ohren.

Thilo fror. Erst jetzt merkte er, daß er während seines Aufenthalts in Maya niemals gefroren hatte! Dort war alles in eine stets gleichbleibende Wärme getaucht gewesen, eine Wärme, die ähnlich einlullen konnte wie der Nebel. Der Junge stellte erstaunt fest, daß er es genoß, wieder frieren zu können. Irgendwie fühlte er sich jetzt wieder viel lebendiger. Das hier war Wirklichkeit! Maya, die Stadt der tausendfachen Täuschung, war eine Scheinwirklichkeit gewesen.

Erfrischt und erfüllt von einem Gefühl der Dankbarkeit für das Leben, das immer aus einem stetigen Wechsel von warm und kalt, hell und dunkel, Licht und Schatten besteht, machten sich Thilo und der Bücherwurm auf den Weg zum Rätselgebirge.

8

In einer kleinen Hütte am Fuße des Rätselgebirges, direkt am Ufer des Phántuin, lebte der Einsiedler Pius, ein hagerer Mann mit einem grauen Bart, der ihm bis auf die Brust reichte, mit zwei Ziegen, einem Schaf und Scharen von Vögeln. Es waren lauter Vögel, denen man das Sprechen beibringen konnte.

Schon vor langer Zeit hatte Pius sich mit seinen Tieren hierher zurückgezogen, um sich in Ruhe seiner Lebensaufgabe widmen zu können: Er schickte Wörter, die jeden, der sie hörte, aufrütteln und ändern sollten, in die Welt – in eine Welt voller Sinnlosigkeit und Streit. Und weil die Vögel die Wörter, die sie einmal gelernt hatten, auch ihren Jungen beibrachten und diese wiederum ihren Jungen und immer so weiter, hoffte Pius, daß diese Wörter eines Tages die Welt verändert haben würden. In diesem Glauben arbeitete er unermüdlich daran, die Vögel zu unterrichten und neue Wörter zu sammeln, die er für wichtig hielt.

Manchmal störte es Pius, daß so selten jemand vorbeikam, der ihm erzählen konnte, wie es draußen im Lande zuging. Er hätte zu gerne gewußt, ob die Wörter, die seine Vögel überall verbreiteten, schon Frieden und Harmonie geschaffen hatten.

Deshalb freute er sich sehr, als eines Abends zwei Wanderer an die Tür seiner Hütte klopften. „Wir sind unterwegs zur anderen Seite des Gebirges“, sagten sie. „Dürfen wir über Nacht hierbleiben?“

Natürlich durften sie. Einladend bat Pius die beiden herein. Eifrig bot er ihnen zwei Plätze an, scheuchte die Ziegen nach draußen und fegte mit der Hand einmal über den Tisch, um die Papageien zu verjagen, die es sich darauf bequem gemacht hatten. Dann stellte er einen großen Topf mit Wasser aufs Feuer, um Kräutertee zu brühen, und setzte sich zu den beiden an den Tisch. „Wo kommt ihr her? Und was habt ihr auf eurer Wanderung alles erlebt?“ fragte er voller Neugierde.

Thilo und der Bücherwurm tauschten rasch einen Blick. Beide dachten dasselbe: Wieviel sollen wir sagen, und was verschweigen wir besser? Nach der Erfahrung mit den Spiegelwesen schien es ihnen ratsam zu sein, nicht mehr gleich alles auszuplaudern.

So verschwieg Thilo, daß er und sein Freund aus der Zukunft kamen und einen Auftrag in der Vergangenheit zu erfüllen hatten. „Wir haben die Wälder der Winde durchquert“, erzählte er, „und sind von den Spiegelwesen gefangengenommen worden.“ Und er berichtete, wie sie entkommen konnten, wie sie dann in die Wolke des Nichtwissens und in den ewigen Kreislauf von Maya geraten waren. „Komischerweise war das eine Gefangenschaft, die ich mir selbst ausgesucht hatte“, schloß Thilo. Er dachte einen Moment lang nach und fügte hinzu: „Jetzt kommt mir das alles sehr dumm vor. Doch als ich noch in diesem Kreislauf steckte, habe ich mich wohl gefühlt. Es ist schwer zu beschreiben und wohl noch schwerer zu verstehen. Irgendwie erschien mir das besonders bedeutungsvoll, was es in den Häusern gab. Alles andere war unwichtig, etwa so, wie wenn man in den Wäldern der Winde herumläuft und die Muster in den Bäumen bestaunt, aber den Wind nicht spürt und die Töne nicht hört. An das, was wirklich wichtig ist, wurde ich erst wieder erinnert, als ein Vogel dieses Wort rief.“

Der Einsiedler sah interessiert auf. „Welches Wort war das?“

„Freiheit. Er rief einfach nur Freiheit. Aber es war genau das, was ich hören mußte.“

„Wie schön!“ Pius lächelte und strich sich zufrieden über den Bart. „Ihr müßt nämlich wissen, daß die Vögel von mir kommen. Ich erfahre gerne, welche von den Wörtern, die sie rufen, am wirkungsvollsten sind. Und ich hoffe, daß sie immer so wie bei dir wirken.“

Er stand auf und ging zum Feuer, denn inzwischen hatte das Wasser zu kochen begonnen. Mit einer großen Kanne Kräutertee und drei Bechern kehrte er an den Tisch zurück. „Und die anderen?“ fragte er, als er sich wieder setzte. „Die Bewohner von Maya, haben sie das Wort auch gehört?“

Thilo sah ihn überrascht an. Darüber hatte er noch gar nicht nachgedacht. „Ich – ich denke schon …“, sagte er zögernd.

„Ganz bestimmt!“ fiel ihm der Bücherwurm ins Wort. „Der Papagei hat es ja laut genug geschrien.“

„Und?“ fragte der Einsiedler. „Ist diese fürchterliche Stadt jetzt verlassen? Und leben sie nun alle in Freiheit?“

Thilo und der Bücherwurm sahen betreten zu Boden. Es tat ihnen leid, diesen netten Mann enttäuschen zu müssen. „Nein“, antwortete der Junge schließlich, „nur wir haben die Stadt verlassen. Die anderen sind noch dort.“

Der Einsiedler schien in sich zusammenzufallen. „Und was ist mit all den anderen Wesen, die ihr getroffen habt?“ fragte er leise. „Die Spiegelwesen zum Beispiel – haben sie ein Wort gehört, durch das sie sich hätten ändern können?“

Thilo erinnerte sich daran, wie ein Spiegelwesen einen Stein nach dem Vogel geworfen hatte. Was hatte er noch gerufen? Ach ja: Einheit! Und das, nachdem das Spiegelwesen ihm gerade erklärt hatte, daß man immer skeptisch und zurückhaltend bleiben müsse, um ja nicht mit allem eins zu werden! „Ja, sie haben solch ein Wort gehört“, sagte er.

„Und? Haben wenigstens sie sich daraufhin verändert? Es ist sehr wichtig für mich, das zu wissen!“

„So leid es mir tut“, sagte Thilo mitfühlend, „aber auch sie haben sich nicht verändert.“

Erschüttert stützte Pius den Kopf in beide Hände. „Was habe ich bloß falsch gemacht?“ murmelte er vor sich hin. „Mein ganzes Leben lang sammle ich schon Wörter, die die Welt verändern sollen. Tausende von Vögeln sind damit unterwegs! Und nun höre ich, daß es nichts, aber auch rein gar nichts gebracht hat! Schaut einmal her“, er stand auf und kam mit einem großen Kasten voller Zettel zurück, „diese Sammlung ist mein Lebenswerk! Und täglich kommen neue Wörter dazu." Er schüttete die Zettel auf den Tisch und breitete sie aus.

Thilo und der Bücherwurm lasen: Gesundheit, Freude, Achtsamkeit, Friede, Liebe, Großzügigkeit und vieles andere mehr.

„Warum ändert sich die Welt dadurch nicht?" fragte der Einsiedler verzweifelt.

Im Grunde kannte Thilo die Antwort. Tief im Innersten wußte er ganz genau, warum die Welt sich durch Wörter niemals verändern würde. Aber er konnte es nicht ausdrücken, und deshalb schwieg er.

Auch der Bücherwurm war lange Zeit still. Dann sagte er leise: „Vielleicht ändert sie sich ja doch noch zum Guten – irgendwann einmal ..." Aber noch während er das sagte, wußte er, daß es nicht stimmte. Er hatte ja selbst erlebt, wie die Zukunft aussehen würde.

Auch Pius schien nicht daran zu glauben. Resigniert schüttelte er den Kopf. „Ich wollte, du hättest recht, mein Freund. Aber wenn jetzt keiner auf diese Wörter hört, wird es auch in Zukunft niemand tun. Ich möchte nur wissen, was für einen Sinn das alles gehabt hat ... es wird wohl immer ein Rätsel für mich bleiben."

Plötzlich blickte er auf, als sei ihm gerade etwas eingefallen. „Sagtet ihr nicht, daß ihr das Rätselgebirge überqueren wollt?" fragte er.

Thilo nickte.

„Dann habt ihr euch vorgenommen, größere Rätsel zu lösen als meines. Ich weiß nicht, ob es euch bekannt ist – in diesem Gebirge liegen Rätsel verborgen, deren Lösungen die Antworten auf das Leben selbst sind. Kommt doch auf dem Rückweg bei mir vorbei und verratet mir bitte die Lösungen. Vielleicht finde ich so eine Antwort auf die Frage, wozu meine Lebensaufgabe gut war."

Thilo und der Bücherwurm versprachen es. Nun hatten sie bereits zwei Aufträge!

„Erzähl uns doch bitte noch etwas über das Rätselgebirge", bat Thilo. „Muß man die Rätsel lösen, um es überqueren zu können?"

„Ich weiß es nicht", sagte Pius. „Vor euch ist noch niemand diesen Weg gegangen. Alles, womit ich euch vielleicht helfen kann, ist ein Teil von einem uralten Gedicht. Ich erinnere mich aber leider nur noch an die letzten Zeilen:

Die Rätsel des Lebens, die vielen, sie scheinen
sich hier zu einem einzigen zu vereinen,
ein Weg, der verändert – mich und auch dich,
ein jeder von uns trägt die Lösung in sich!

Aber ich fürchte, damit könnt ihr nicht viel anfangen."

„Naja, auf jeden Fall geht daraus hervor, daß es sich tatsächlich um Rätsel handelt", meinte Thilo. „Darauf freue ich mich schon. Im Rätsellösen bin ich nämlich unschlagbar!"

Die drei unterhielten sich noch eine ganze Weile über die Wanderung, die dem Jungen und dem Bücherwurm bevorstand, und begaben sich dann zur Ruhe. Schließlich wollten die beiden für das Besteigen des Rätselgebirges ausgeruht und stark sein.

Am nächsten Tag erinnerte sie der Einsiedler noch einmal eindringlich daran, ihn nicht zu vergessen und ihn auf dem Rückweg wieder aufzusuchen. Dann verabschiedete er sie sehr herzlich. Die zwei Ziegen begleiteten Thilo und den Bücherwurm noch ein Stück den Hang hinauf und kehrten erst um, als der Pfad plötzlich endete und das Gelände sehr steil und felsig wurde.

Die Freunde kletterten weiter. Beherzt suchten sie sich ihren Weg, vorbei an großen Felsbrocken, bis es einfach nicht mehr weiterging. Der Aufstieg erwies sich als zu beschwerlich, die Felswände waren jetzt unüberwindbar, und es blieb ihnen nur noch der Weg durch eine Schlucht, die das Wasser des Phántuin im Laufe von Jahrtausenden in die Felsen gegraben hatte.

Sie war kaum breiter als der Fluß selbst, und den beiden Wanderern blieb nur ein sehr schmaler Pfad am Ufer entlang, auf dem sie sich ganz vorsichtig und nur hintereinander mühsam voranarbeiten konnten. Doch selbst hier war ihr Weg oft durch Felsbrocken versperrt und durch Geröll gefährlich. Mehr als einmal bewahrte

Thilo den Bücherwurm vor dem Abstürzen, denn diesem fiel das ständige Klettern über lose Steine doch sehr schwer.

Gegen Ende des Tages hatten sie schon ein gutes Stück des Gebirges erklommen. Die Bäume der Wälder der Winde lagen tief unter ihnen, und ihre Geräusche konnte man nicht mehr hören. Als die Sonne hinter den Wäldern unterging, kuschelten sich Thilo und der Bücherwurm eng aneinander in eine Felsnische und verbrachten so die Nacht.

Am nächsten Tag fanden sie heraus, daß viele Beeren und Wurzeln an den kargen, dürren Sträuchern, die hier oben wuchsen, eßbar waren. Thilo trug nun ständig einen Vorrat davon in seinen Taschen. Und ihr Wegbegleiter, der Phántuin, versorgte sie mit klarem und erfrischendem Wasser.

Als die Gefährten eine kleine Stärkung zu sich genommen hatten, wanderten sie weiter bergauf am Phántuin entlang, der mittlerweile viel von seiner ursprünglichen Breite eingebüßt hatte und zu einem immer schmaleren Bergbach wurde, je mehr sie sich seiner Quelle näherten.

Der Himmel war heute grau und verhangen, und eine drückende Schwüle lastete auf dem Gebirge. „Ach du grünes Ypsilon! Entweder gibt es bald ein Gewitter oder es passiert etwas anderes Schreckliches“, orakelte der Bücherwurm, „ich fühle das.“

Auch der Junge spürte die schwere und feuchte Luft. Vielleicht zog tatsächlich ein Unwetter auf. Es war wohl ratsam, nach einem Unterschlupf Ausschau zu halten.

Von weitem sahen sie, daß der Bach sie zu einer Felswand führte. Dort gab es sicher eine Möglichkeit, sich unterzustellen und Schutz zu finden. Thilo fragte sich allerdings, was dort wohl der Phántuin machte. Vielleicht stürzte er als Wasserfall von der steilen Felswand herab, die sich als ernsthaftes Hindernis für sie erweisen könnte, wenn sie weiter flußaufwärts wanderten.

Wenig später standen sie vor der breiten, zerklüfteten Felswand, die jegliches Weiterkommen unmöglich machte. Mächtig und steil erhob sie sich vor ihnen. Und so weit das Auge reichte, gab es nirgendwo eine Stelle, an der man sie erklimmen konnte. Sie entdeckten jedoch einen schmalen Durchlaß, eine höhlenartige Öffnung direkt vor ihren Füßen, und aus ihr plätscherte ihnen das Wasser des Phántuin entgegen.

Ratlos betrachteten die Freunde abwechselnd die Öffnung und die Felswand. Was nun?

Die steile Wand zu bezwingen schien undenkbar, und der Durchlaß war für sie zu klein. Wie sollte es jetzt weitergehen? Sie untersuchten noch einmal die Felswand. Wer weiß, vielleicht tat sich doch noch ein versteckter Durchgang auf.

Inzwischen hatten sich dunkle Wolken bedrohlich über dem Rätselgebirge zusammengezogen. Obwohl es Tag war, wurde es nun fast vollständig dunkel. Da zuckte ein Blitz über den Himmel. Er tauchte das ganze Gebirge für wenige Sekunden in grelles Licht. Und in diesem Licht entdeckte der Bücherwurm eine Inschrift! Sie schien in den Felsen gemeißelt zu sein und war über und über mit Sand bedeckt.

„Komm schnell her!“ rief er Thilo zu. „Hier steht etwas geschrieben!“

Mit Feuereifer säuberten sie das Gestein, und bald war die eingeritzte Schrift entziffert:

Es fließt dahin vom Quell zum Meer,
dein Weg jedoch ist umgekehrt,
drum wird der Eingang dir verwehrt,
denn so ging niemand je vorher.

Es ist Gesetz in dieser Welt:
Was jemals wurde mitgenommen,
kann nie zurück zum Ursprung kommen,
so wie auch nichts nach oben fällt.

Was war, das ist, was ist, wird sein –
das zu verhindern, steh ich hier.
Doch öffnet trotzdem sich die Tür,
kannst du mir sagen, was ich mein.

„Tür? Wo soll sich denn hier eine Tür befinden?“ fragte der Bücherwurm. Und in der Tat war nirgendwo auch nur die Spur einer Tür zu sehen – nur dieses Loch im Felsen, aus welchem der Fluß heraustrat.

„Schau mal hier“, sagte Thilo, „sieht das nicht wie ein Spalt im Felsen aus?“

Er hatte tatsächlich einen Spalt entdeckt. Wie die Inschrift war auch er nur mit Mühe zu erkennen. Die Einkerbungen in der Felswand mußten schon Hunderte von Jahren alt und seitdem nicht mehr berührt worden sein.

Nun aber, als Thilo und der Bücherwurm den Spalt säuberten und freilegten, erkannten sie, daß er in einem hohen Bogen rund um die kleine Öffnung verlief, aus welcher der Phántuin floß: ein Felsentor!

Die beiden Freunde strahlten sich an.

„Ist dir klar“, sagte der Bücherwurm, „daß wir hier genau auf dem richtigen Weg sind? Ich wette, dieser Durchgang führt geradewegs auf die andere Seite des Gebirges! Los, faß mit an!“ Mit aller Kraft warf er sich gegen das Felsentor und versuchte, es aufzustoßen.

Ein weiterer greller Blitz fuhr herab, und in seinem Licht sah Thilo deutlich, daß der Fels sich um keinen Millimeter bewegt hatte. „So bekommen wir das Tor nicht auf“, sagte er. „Du hast es doch gelesen: Doch öffnet trotzdem sich die Tür, kannst du mir sagen, was ich mein. Also, was ist mit dem Gedicht gemeint?“

„Ich weiß es nicht“, antwortete der Bücherwurm. „Das ist mir zu schwierig.“

„Was?“ staunte Thilo. „Warst du denn noch nie in einem Rätselbuch?“

Olli ergilbte leicht, was bei Bücherwürmern etwa soviel bedeutet wie bei Menschen das Erröten. „Ich war überhaupt noch nie in einem anderen Buch als in diesem hier“, sagte er verschämt.

„Das ist doch nicht schlimm“, tröstete Thilo ihn. „Wir versuchen jetzt einfach, das Rätsel zu lösen, und du wirst sehen – so schwer ist es gar nicht.“

Mühevoll lasen sie trotz der dunklen Gewitterwolken die Zeilen noch einmal, unterstützt vom Licht weiterer Blitze, und dachten angestrengt darüber nach.

„Eigentlich“, meinte der Bücherwurm, „kann mit dem Fließen vom Quell zum Meer doch nur Wasser gemeint sein.“

„Oder ein Fluß“, überlegte Thilo, „der Phántuin zum Beispiel. Er fließt bestimmt irgendwo in ein Meer, und wir gehen flußaufwärts, in Richtung Quelle.“

„Ich glaube nicht, daß Phántuin die Lösung ist“, sagte Olli zweifelnd. „Die Tür ist nämlich noch zu.“

„Es paßt auch nicht mit dem dritten Teil zusammen“, stimmte Thilo zu. „Was könnte das bedeuten? Was war, das ist, was ist, wird ...“ Mitten im Satz sprang er wie elektrisiert auf. „Die Zeit!“ rief er. „Sie fließt immer nur in eine Richtung, von der Vergangenheit in die Zukunft. Wir gehen von der Zukunft in die Vergangenheit, und das darf nicht sein – das ist mit dem umgekehrten Weg und dem Gesetz in dieser Welt gemeint! Dieses Tor hier soll verh ...“

Weiter kam Thilo nicht. Der Boden unter ihnen fing auf einmal an zu beben. Dumpfes Grollen ertönte aus der Tiefe des Berges und wurde immer lauter. Die beiden Freunde klammerten sich ängstlich aneinander.

Da schwenkte mit einem ohrenbetäubenden Dröhnen das schwere Felsentor vor ihnen zur Seite. Thilo und der Bücherwurm blickten verblüfft in einen Gang, der tief in das Rätselgebirge zu führen schien. In seiner Mitte floß der Phántuin als kleiner Bach dahin.

Der Junge fand als erster die Sprache wieder. „Los, nichts wie rein!“ rief er und zog den Bücherwurm mit sich. „Wer weiß, wie lange das Tor offenbleibt? Vielleicht geht es ja gleich wieder zu!“

Erst als er mit seinem Freund jenseits der Schwelle in dem Felstunnel stand, wurde ihm bewußt, was er da gerade gesagt hatte. Was wäre, wenn das Tor sich tatsächlich schließen und ihnen den Rückweg versperren würde?

Und da geschah es auch schon. Knarrend und krachend schwang das Felsentor wieder herum und fiel donnernd zu! Die beiden stürzten herbei – zu spät! Das Tor war so fest verschlossen wie zuvor. Waren sie jetzt Gefangene des Berges?

9

„Hoffentlich hat der Tunnel noch einen Ausgang", sagte Thilo mit zitternder Stimme, und seine Worte hallten erschreckend laut von den Felswänden wider.

„Ja, hoffentlich", flüsterte der Bücherwurm. „Wir dürfen jetzt den Mut nicht verlieren und müssen weitergehen."

Eine Weile versuchten sie doch noch, das Tor von innen zu öffnen, aber vergebens! So starr und festgefügt stand die Felsmauer, als hätte es dort niemals ein Tor gegeben. Auch ein Rätsel, mit dem man es von innen hätte öffnen können, war in dem eigenartigen, schwachen Licht hier im Tunnel nicht zu entdecken. So blieb ihnen nichts anderes übrig, als weiterzugehen.

Der Tunnel führte zunächst geradeaus, direkt in den Berg hinein. Er war recht schmal, aber so hoch, daß die beiden Freunde bequem aufrecht gehen konnten. Schweigend wanderten sie hintereinander her und sahen sich dabei staunend um. Das seltsame Licht, dessen Ursprung überall und nirgendwo zu sein schien, ließ das Wasser des Phántuin geheimnisvoll glitzern, und auch die Felswände warfen den Schein auf sonderbare Weise zurück.

Nach einiger Zeit machte der Gang eine starke Biegung nach rechts, kurz dahinter eine nach links, und ab hier verlief er nur noch in Windungen. Hinter jeder erwarteten Thilo und der Bücherwurm den Ausgang – doch es ging immer so weiter. Sie hatten sogar den Eindruck, daß der Tunnel manchmal abwärts und dann wieder aufwärts führte, obwohl der Phántuin immer gleichmäßig neben ihnen floß.

„Du, mir wird das langsam unheimlich", sagte Olli, als sie direkt vor sich schon wieder die nächste Biegung erkannten. „Vielleicht sind wir schon dreimal im Kreis gelaufen!"

„Wenn wir wenigstens einen Kompaß hätten", meinte Thilo, „aber helfen würde der uns auch nicht, denn wir müssen den Weg wohl oder übel bis zu Ende gehen." Wenn er überhaupt ein Ende hat, dachte er dabei. Aber er sprach es lieber nicht aus.

Immer weiter schlängelte sich der Gang in unzähligen Windungen durch den Berg. Und während Thilo hinter dem Bücherwurm hertrottete, gingen seine Gedanken ebenfalls auf Wanderschaft. Er dachte an seine Eltern und Brüder, an Herrn Klingel, in dessen Laden er ja irgendwie noch war – denn immerhin stand dort das Buch, in dem er sich gerade aufhielt –, und er überlegte, wie lange seine Reise nun eigentlich schon dauerte.

Gerade als er dabei war, die einzelnen Tage zusammenzuzählen, riß ihn Ollis Stimme aus seinen Gedanken: „He, hier liegt ja was! Nein, das darf doch nicht wahr sein!"

So schnell er konnte, eilte Thilo zu ihm. Wortlos wies der Bücherwurm auf eine kleine Nische, die in die Felswand gehauen war.

In dieser Nische lag – ein Buch!

Es war unübersehbar dick und groß, und auf dem Buchdeckel stand in deutlichen Großbuchstaben: LIES MICH.

„Das darf doch nicht wahr sein", wiederholte der Bücherwurm. „Beim grünen Ypsilon, das geht doch nicht!"

„Was geht nicht?" fragte Thilo.

„Ein Buch im Buch!" Der Bücherwurm war immer noch fassungslos. „Überleg doch mal: In dem Buch, in dem wir jetzt sind, gibt es noch eines. Stell dir vor, wir würden das jetzt lesen und dann kommt darin vielleicht wieder ein Buch vor, das wir lesen sollen, und in dem Buch, das in dem Buch vorkommt, ist wieder eines, und …"

„Hör auf!" unterbrach Thilo ihn schaudernd. „Das wäre ja schrecklich. Dann kämen wir hier niemals wieder heraus!"

„So ist es." Der Bücherwurm nickte. „Wir würden den Rest unseres Lebens damit verbringen, von einem Buch in das nächste zu kriechen."

Thilo schwieg verwirrt. Das war ja noch schlimmer als Maya, die Stadt der tausendfachen Täuschung! Und doch stand auf diesem Buch eindeutig die Aufforderung, es zu lesen. „Genau weißt du das aber nicht, ob in diesem Buch wirklich wieder ein Buch vorkommt, oder?" fragte er.

„Das stimmt", gab der Bücherwurm zu. „Aber ehrlich gesagt, ich möchte es nicht riskieren. Ich finde, wir lassen das Lesen besser sein. Laß uns doch einfach weitergehen. Der Weg ist ja nicht versperrt!"

Thilo schaute in den Gang. Es war nichts zu sehen, was die beiden am Weitergehen hätte hindern können. Trotzdem war ihm unbehaglich bei dem Gedanken, so einfach an dem Buch vorbeizugehen. Schließlich waren sie im Rätselgebirge, und es war immerhin denkbar, daß sie den richtigen Weg nur durch das Lösen von Rätseln finden würden. Und Thilo hatte das unbestimmte Gefühl, dieses Buch könnte auch ein Rätsel sein, schon deshalb, weil es seltsamerweise dazu einlud, sich in ihm zu verlieren. Oder war diese Aufforderung etwa bereits das Rätsel selbst? Lag die Lösung vielleicht schon darin, daß man die Gefahr erkannte und das Buch nicht aufschlug?

Er trat näher an das Buch heran, um es genauer betrachten zu können. Und da entdeckte er, daß auf dem verstaubten Einband noch mehr stand als nur LIES MICH. Direkt darunter ging es nämlich weiter – nur in viel kleinerer, kaum sichtbarer Schrift:

… oder laß mich zu.
Doch wisse, jeder, der wie du
in meine Welt nicht tritt hinein,
der braucht viel Kraft, sich zu befrei'n.

Thilo las dem Bücherwurm den Text vor. Doch als er bis hierher gekommen war, schmerzten ihn die Augen, so mühsam war es, die kleinen Buchstaben in dem seltsamen Zwielicht zu entziffern. „... in meine Welt nicht tritt hinein ...“, wiederholte er nachdenklich. „Das könnte bedeuten, daß du mit deiner Vermutung tatsächlich recht hast. Dann kämen wir wirklich in eine andere Welt, wenn wir das Buch aufschlagen!“

„Mit Sicherheit“, bestätigte sein Freund. „Aber der Schluß beunruhigt mich viel mehr: der braucht viel Kraft, sich zu befrei'n.“

„Ach, das schaffen wir schon“, meinte Thilo und wirkte dabei seltsam abwesend. Nach einer Weile fuhr er fort: „Wie kommt es nur, daß man sich zwischen den Welten so leicht verirren kann? Zu Hause ist mir das auch schon passiert, daß ich immer ganz woanders war – wenn auch nur in Gedanken. Und nun die Erlebnisse mit diesem Buch und in Maya ...“

Der Bücherwurm nickte. „Vielleicht braucht man deshalb viel Kraft, sich zu befrei'n. Denn es ist sicherlich viel leichter, einfach umherzuirren, als in jedem Moment ganz bei sich zu sein. Geht der Text noch weiter?“

„Ja“, antwortete Thilo und beugte sich wieder über den Buchdeckel. „Hör zu:

Liest du mich nicht, darfst du nicht geh'n,
es sei denn, du kannst dies versteh'n:

Wie lange dauert es zu zählen?
Wie ferne ist der fernste Stern?
Wie oft mußt du die Zwiebel schälen,
bis du entdeckst den Zwiebelkern?

Was weiß vom Jahr die Eintagsfliege?
Was weißt du von der Ewigkeit?
Ist Freisein Wahrheit oder Lüge?
Lebst du ganz in deiner Zeit?

Was du suchst, das scheint verloren,
weil jeder denkt, er sei davon getrennt.

Es wird jedoch in jedem neu geboren,
der sich als Eins mit Allem kennt.

Wer außen sucht an fremdem Orte
nach dem, was immer in ihm war,
der findet viele schöne Worte –
doch kommt niemals nach Turiya.

Da ist von Turiya die Rede!“ rief Thilo aufgeregt. „Das könnte ein verschlüsselter Hinweis darauf sein, wie wir weitergehen müssen!“

Der Bücherwurm nickte. „Aber laß uns von vorne beginnen“, sagte er. „Wie war noch der Anfang?“

Thilo las die ersten Zeilen noch einmal vor. „Das ist gemein“, ereiferte er sich. „Es sind alles Fragen, auf die es überhaupt keine Antwort gibt! Niemand kann wissen, wie weit der fernste Stern weg ist, und zählen kann man, ohne aufzuhören! Oder das mit der Ewigkeit – wenn man das alles vorher beantworten muß, dann kommt hier keiner raus!“

Der Bücherwurm dachte nach. „Steht da, daß man die Fragen beantworten muß?“ fragte er.

Thilo schaute noch einmal auf das Buch. „Nein“, sagte er, „da steht, daß man die Fragen verstehen soll. Aber ist das denn ein Unterschied?“

„Ich weiß es nicht. Laß uns einfach mal weitermachen. Wie ist das mit der Zwiebel?“

„Die Frage ist genauso blöd wie die mit den Zahlen“, antwortete Thilo. „Es gibt nämlich keinen Zwiebelkern. Man kann eine Zwiebel immerzu schälen – so lange, bis nichts mehr da ist. Unter jeder Schale ist wieder eine.“

„Und in jedem Buch ist vielleicht wieder ein Buch“, meinte der Bücherwurm.

„Tatsächlich“, staunte Thilo. „Vielleicht bist du damit der Lösung auf der Spur! Wahrscheinlich soll man bei diesen Fragen herausfinden, was damit gemeint ist. Warte mal – die Bücher sind wie die Schalen bei einer Zwiebel … oh verflixt, ist das kompliziert!“

„Ich glaube, ich weiß, was du meinst", sagte der Bücherwurm eifrig. „Mit den Schalen der Zwiebel verhält es sich wie mit den Geschichten der Welten! Obwohl man denkt, daß man in einer abgeschlossenen Geschichte mit Anfang und Ende ist, gibt es mitten in der Geschichte noch eine Geschichte, und darin wieder eine … so, wie wir es hier erleben." Er wies auf das Buch, das noch immer ungeöffnet in der Felsnische lag. „Vielleicht besagt dieses Rätsel, daß es in jeder Welt immer noch eine weitere, kleinere gibt."

„Genau! Du bist ja ein prima Rätsellöser!"

Der Bücherwurm räusperte sich verlegen. „Meinst du wirklich?"

„Ja, ganz bestimmt!" Thilo nickte. „Hast du auch eine Idee, was die Verse vom Zählen und vom fernsten Stern bedeuten könnten?"

Der Bücherwurm überlegte lange. „Es könnte unendlich viele solcher Welten geben – so viele, daß man sie nicht zählen kann. Und vielleicht auch so große, daß man sie sich gar nicht vorstellen kann, wie man sich auch die Entfernung zum fernsten Stern nicht vorstellen kann."

„Nein, das glaube ich nicht. Es kann ja sein, daß es in Büchern unendlich viele Welten gibt. Aber die wirkliche Welt, aus der ich komme, ist bestimmt die größte."

„Woher willst du das wissen?"

„Na, hör mal!" rief der Junge empört. „Wenn es nicht so ist, dann wäre ich ja auch bloß eine Gestalt in einem Buch, das sich irgend jemand ausgedacht und geschrieben hat!"

„Und warum sollte das nicht so sein?"

Verblüfft starrte Thilo seinen Freund an. Auf diesen Gedanken war er noch nie gekommen. Angestrengt versuchte er, ihn zu Ende zu denken.

Auch Olli dachte fieberhaft nach. „Die nächstgrößere Welt", sagte er schließlich, „ist immer so, daß man nichts von ihr wissen kann – und zwar einfach deshalb, weil es unmöglich ist, sie sich vorzustellen. Hier in Gaiareth weiß zum Beispiel niemand etwas von der Welt, aus der wir kommen, und es würde auch keiner glauben, daß es sie gibt – selbst dann nicht, wenn wir von ihr erzählen. Genausowenig wissen diejenigen, die in diesem Buch hier vorkommen, daß ihre Geschichte nur in einem Buch steht, das im Rätselgebirge in Gaiareth in einer Felsnische liegt. Jeder hält seine Welt für die einzig wahre – auch du!"

Thilo lauschte seinem Freund aufmerksam und mit großen Augen. Dabei ging ihm langsam auf, daß der Bücherwurm recht hatte. „Ich glaube, ich weiß jetzt auch, was die nächsten Zeilen bedeuten. Wie hieß es doch gleich: Was weiß vom Jahr die Eintagsfliege? Sie lebt nur einen Tag und kann sich deshalb ein Jahr nicht vorstellen. Und wir können nicht wissen, wie lang die Ewigkeit ist. Damit ist genau das gemeint, was du gerade gesagt hast."

Die beiden lachten sich an und freuten sich riesig. Sie hatten das Gefühl, einem ganz großen Geheimnis auf die Spur gekommen zu sein.

„Und jetzt die nächste Zeile", sagte der Bücherwurm. „Ist Freisein Wahrheit oder Lüge? Beim grünen Ypsilon! Wie soll man denn frei sein, wenn jede Welt nur eine Geschichte in einem Buch ist? Kannst du mir das sagen?"

Thilos Gedanken wanderten wieder zu Herrn Klingel. Was war das noch gewesen, was der ihm über Freiheit erzählt hatte?

„Also, wenn du meine Meinung hören willst", fuhr der Bücherwurm fort, „es gibt keine Freiheit. Schau dir zum Beispiel die Gaiarether an: Sie können nur das tun, was über sie in dieser Geschichte geschrieben steht. Selbst wenn sie sich vorstellen, sie seien frei, sind sie es in Wirklichkeit trotzdem nicht. Und so ist es doch in jeder Welt!"

Thilo schaute auf. Jetzt war es ihm wieder eingefallen. „Es gibt Freiheit", sagte er, „denn wirkliche Freiheit hängt gar nicht davon ab, ob man tun kann, was man will oder nicht! Frei ist jeder, der weiß, in welche Welt er gehört, und der gerne dort lebt! Das ist auch mit der letzten Zeile gemeint: Lebst du ganz in deiner Zeit? Man muß ganz in seiner Gegenwart leben. Dann ist man frei."

Der Bücherwurm sah Thilo erstaunt an. „Woher weißt du das?"

„Herr Klingel hat es mir einmal gesagt."

Nachdenklich blickte der Bücherwurm vor sich hin. So hatte er das noch nie betrachtet. „Das könnte tatsächlich die Antwort sein", sagte er.

„Ich bin sogar sicher, daß sie es ist“, sagte Thilo. „Nun zum dritten Teil: Was du suchst, das scheint verloren. Was suchen wir?“

„Das alte Wissen“, antwortete der Bücherwurm prompt.

„Also, das alte Wissen scheint verloren, weil jeder denkt, er sei davon getrennt. Aber sind wir das denn nicht?“

„Was?“ fragte der Bücherwurm. „Ich verstehe nicht, was du meinst.“

„Na, getrennt vom alten Wissen!“

Der Bücherwurm las die Zeilen ebenfalls durch und überlegte lange. „Komisch“, sagte er schließlich. „Hier steht noch: Es wird in jedem neu geboren.“

„… der sich als Eins mit Allem kennt“, ergänzte Thilo. „Eins mit Allem – das erinnert mich an das Spiegelwesen, mit dem ich mich unterhalten habe. Es hat erzählt, man müsse von allem getrennt bleiben, daß man nicht eins damit wird. Ist also dadurch das alte Wissen verlorengegangen?“

„Dadurch scheint es verlorengegangen zu sein!“ korrigierte der Bücherwurm.

„Stimmt“, sagte Thilo – und fuhr nach einer Weile fort: „Heißt das etwa, daß es gar nicht verloren ist?“

Die Freunde sahen sich an.

„Und es ist in uns?“ fragte der Bücherwurm.

In diesem Moment machten die beiden eine wichtige Erfahrung: plötzlich eine Wahrheit zu erkennen – dieses Gefühl, als wird auf einmal ein Vorhang zur Seite geschoben, und eine völlig neue Sicht der Dinge tut sich auf.

„… der sich als Eins mit Allem kennt …“, wiederholte Thilo. „Das heißt, wir müssen es gar nicht erst werden, wir sind es schon. Wir müssen nur begreifen, daß wir es sind, und dann merken wir auch, daß das alte Wissen in uns ist. Wie aufregend! Laß uns weitermachen mit dem Rätsel!“

Der Bücherwurm las die letzten vier Zeilen laut vor. „Ich glaube, ich verstehe, was damit gemeint ist“, sagte er. „Wenn etwas in uns ist, können wir es nicht außerhalb von uns finden – ganz klar!“

„Und wer es trotzdem tut, der findet nicht das Wissen selbst, sondern nur schöne Worte“, ergänzte Thilo. „Das erinnert mich irgendwie an Pius, den Einsiedler.“

„Aber wo ist denn nun Turiya?“ wollte der Bücherwurm wissen.

Lange schwiegen sie. Nur das leise Plätschern des Phántuin war zu hören.

„Turiya ist in uns“, sagte Thilo schließlich. „Wenn das alte Wissen in uns ist, dann muß auch Turiya in uns sein.“

„Und wie sollen wir nun dorthin kommen?“ Olli wirkte ratlos. „Oder hat sich unser Auftrag jetzt erübrigt? Können wir nichts mehr für Nerima tun? Und war der ganze Weg etwa umsonst?“

Thilo schüttelte den Kopf. „Turiya und das verlorene Wissen sind doch auch in der alten Magierin!“ sagte er. „Hier steht es doch: Es wird in jedem neu geboren, der sich als Eins mit Allem kennt. Das muß auch für die Magierin gelten. Sie weiß nur nichts davon. Wenn wir sie nur irgendwie benachrichtigen könnten …“

„Laß uns doch eine Flaschenpost schicken“, schlug der Bücherwurm vor. „Der Phántuin fließt doch direkt zum Tempel der tausend Murmeln!“

„Wir haben weder eine Flasche noch Papier und Schreibzeug“, gab Thilo zu bedenken. „Trotzdem ist die Idee gut, den Fluß für eine Botschaft zu benutzen. Vielleicht finden wir unterwegs etwas anderes, das sich dafür eignet.“

Sie setzten ihren Weg fort. Das Rätsel hatten sie ja nun gelöst, also durften sie weiter.

Der Felsentunnel mit dem Phántuin in der Mitte führte weiterhin eng und voller Windungen durch den Berg. Nur eines hatte sich geändert: Das eigenartige Licht, das von überall her zu kommen schien, war schwächer geworden. Vorsichtig setzten die beiden einen Fuß vor den anderen, um nicht zu fallen, doch trotz aller Achtsamkeit stolperte Thilo plötzlich.

„Aua!“ stöhnte er und rieb sich den schmerzenden großen Zeh. „Hier liegt etwas Hartes!“

Der Bücherwurm hob ein großes Stück Holz vom Boden auf. „Komisch“, meinte er, „wie kommt denn das hier in den Berg?“

„Oh!“ sagte Thilo staunend. „Genau so etwas brauchen wir für eine Botschaft an die alte Magierin! Wir ritzen sie mit einem spitzen Stein in das Holz! Was für ein glücklicher Zufall!“

Schnell hatten sie einen geeigneten Stein gefunden. Damit alles deutlich lesbar auf das Holzstück paßte, entschieden sie sich für eine möglichst kurze Nachricht:

AN DIE ALTE MAGIERIN

TURIYA IST NUR IN UNS SELBST ZU FINDEN

Eifrig ritzte Thilo die Botschaft in das Holz und übergab es dann dem Phántuin, der an dieser Stelle so schmal war, daß es gerade noch darin schwimmen konnte.

Thilo und der Bücherwurm blickten dem verschwindenden Holzstück hinterher und stellten sich den Weg in die Zukunft vor, den ihre Botschaft jetzt vor sich hatte: hinaus aus dem Berg, vorbei an der Hütte von Pius, durch die Wälder der Winde und schließlich durch die Ebene bis hin zur alten Magierin.

„Vielleicht hilft diese Nachricht ja auch Pius bei seinen vielen Fragen“, meinte der Bücherwurm. „Mit etwas Glück fischt er sie heraus, liest die Botschaft und schickt sie dann weiter an Nerima.“

„Hoffentlich findet sie überhaupt jemand“, gab Thilo zu bedenken. „Aber mehr können wir jetzt nicht tun.“

Sie gingen weiter, hintereinander und immer dicht an den Wänden des Ganges entlang, der noch enger und düsterer wurde. Den beiden Freunden wurde immer unbehaglicher zumute.

„Hoffentlich kommt bald der Ausgang!“ brummte Olli.

Thilo fragte sich, wohin sie wohl gelangen würden. Wenn es nicht Turiya war, was sie auf der anderen Seite des Gebirges erwartete – was dann?

Wieder einmal machte der Gang eine scharfe Biegung. Vorsichtig tasteten sie sich gerade um einen Felsvorsprung herum, als der Bücherwurm plötzlich rief: „He! Was ist denn das?“

Thilo schloß zu seinem Freund auf und stand bald neben ihm – vor einer Wand!

„Hier geht es nicht weiter", sagte Olli mit tonloser Stimme. „Der Gang hört einfach auf!"

Keiner sprach ein Wort. Sollte ihre Reise hier etwa zu Ende sein?

Nach einer Weile fiel Thilo das plätschernde Geräusch des Phántuin auf. „Das Wasser fließt noch! Hörst du es?" rief er, und seine Stimme klang schauerlich dumpf in der felsigen Enge.

Der Bücherwurm hörte es auch. „Ändert das etwas daran, daß der Gang hier zu Ende ist?" fragte er.

„Es ist immerhin ein Zeichen dafür, daß hier irgendwo eine Öffnung sein muß", erklärte Thilo.

Fieberhaft suchten sie nach der Stelle, an welcher das Wasser in den Höhlengang rann – und fanden sie. Es war ein Loch in der Felswand, gerade so groß, daß Thilo seine Hand hineinstecken konnte. Er legte sich auf den Bauch und versuchte hindurchzusehen, doch außer einem schwachen Dämmerlicht konnte er nichts erkennen. Trotzdem war Thilo überzeugt, daß dort die andere Seite des Rätselgebirges lag.

„Versuch doch mal zu erfühlen, wie dick der Felsen ist", schlug der Bücherwurm vor.

Thilo schob seine Hand in die Öffnung. „Ich glaube, die Felsmauer ist gar nicht so dick", sagte er. „Meine Hand ist jedenfalls draußen. Ich spüre sogar einen leichten Luftzug. Hinter dieser Wand geht es bestimmt ins Freie!" Plötzlich stutzte er.

„Was ist?" fragte der Bücherwurm neugierig. „Fühlst du etwas Besonderes?"

„Ja, hier drin ist die Quelle des Phántuin. Sie ist sehr klein. Ich kann sie mit meinem Zeigefinger zuhalten. Merkst du's?" Das Plätschern wurde leiser und hörte dann ganz auf.

„Laß mal lieber wieder los!" sagte Olli.

Ein Schwall Wasser schoß aus dem Loch, und schon im nächsten Moment floß der Phántuin so ruhig dahin wie zuvor.

„Igitt!" schimpfte Thilo. „Ich bin ganz naß geworden!"

Der Bücherwurm grinste. Doch gleich darauf wurde er wieder ernst. Ihre Lage war ja auch wirklich alles andere als witzig. Da trennte sie nur noch eine Armlänge von der Außenwelt, aber sie hatten keine Möglichkeit hinauszukommen.

Thilo klopfte die Wand nach lockeren Steinen ab, die man vielleicht herausbrechen konnte, doch ohne Erfolg. Der Felsen war an dieser Stelle wie aus einem Guß. Wütend warf er sich mit dem ganzen Gewicht seines Körpers dagegen. „Wir können doch nicht ewig hier drin bleiben!“ stieß er hervor. „Ich will raus!“

Auch der Bücherwurm suchte verzweifelt nach einer Stelle, an welcher man den Felsen durchbrechen konnte. „Da hängt irgend etwas an der Decke“, bemerkte er auf einmal. „Genau über dir! Aber paß auf, ich glaube, es ist scharf!“

Vorsichtig tastete der Junge nach dem Gegenstand. Er schien mit Draht oder Metallklammern an der Decke befestigt zu sein. Jedenfalls war er zweifellos absichtlich dahin gehängt worden. Thilo gelang es schließlich, ihn aus seiner Befestigung zu lösen. „Ein Schwert!“ stellte er verwundert fest. „Wieso, in aller Welt, hängt hier ein Schwert?“

„Das ist ja toll!“ rief sein Freund begeistert. „Damit können wir einen Ausgang in den Felsen schlagen! Du wirst sehen – jetzt sind wir bald im Freien!“

Thilo lachte bitter. „Hast du schon einmal versucht, mit einem Schwert Felsen zu zerschlagen? Nein, mein Lieber, das klappt nicht!“

„Versuch es doch wenigstens“, drängte ihn der Bücherwurm. „Ich würde es ja gerne selbst versuchen, aber Bücherwürmer sind nun einmal nicht dazu geschaffen, mit einem Schwert umzugehen.“

„Es hat keinen Sinn.“ Thilo führte einen halbherzigen Schlag gegen die Felswand. Klong machte es, und er merkte, wie die Waffe in seiner Hand zitterte. „Siehst du, ich hab's dir ja gleich gesagt.“

„Kein Wunder, so klappt es nie“, sagte der Bücherwurm gereizt. „Du mußt schon richtig draufschlagen!“

„Wieso denn? Ich weiß doch, daß ich keinen Millimeter von dem Felsen abschlagen kann. Warum soll ich mich also anstrengen?“

„Nun hör mal gut zu!“ Der Bücherwurm war jetzt richtig wütend. „Das ist unsere einzige Chance! Wenn du es nicht wenigstens versuchst, können wir uns gleich damit abfinden, daß wir für den Rest unseres Lebens hierbleiben müssen! So kommen wir jedenfalls nie hier raus!“

„Das kommen wir sowieso nicht."

Der Bücherwurm atmete tief durch. „Kämpf doch für deine Freiheit! Und vergiß einfach mal deine Zweifel! Hast du denn noch niemals für etwas gekämpft?"

„Gekämpft?" fragte Thilo überrascht. „Ich? Nein. Warum auch?" Und gleichzeitig wurde ihm bewußt, warum. Er hatte sich stets gedrückt, wenn es darauf ankam. Wie oft schon war er angegriffen worden! Aber nicht ein einziges Mal hatte er sich verteidigt. Lieber hatte er alles kampflos über sich ergehen lassen. Wie viele Ungerechtigkeiten hatte er schon mit angesehen – und immer hatte er tatenlos daneben gestanden, anstatt einzugreifen.

Thilo faßte den Griff des Schwertes fester. Es stimmte, daß er nicht kämpfen konnte. Bis jetzt. Doch nun wollte er es lernen.

Er packte das Schwert mit beiden Händen und schlug es mit voller Kraft gegen den Felsen. Das Schwert bebte und zitterte. Thilo konnte es nur mit Mühe festhalten. Doch er biß die Zähne zusammen und holte aufs neue aus. Ein Schlag folgte dem anderen, und das metallische Klingen des Schwertes erfüllte den Raum.

„Vielleicht hast du doch recht gehabt", war der Bücherwurm kleinlaut zu vernehmen.

„Zu spät!" preßte Thilo zwischen den Zähnen hervor. „Jetzt mache ich weiter – und wenn dabei die Klinge zerspringt! Geh mir aus dem Weg!"

Mit einer Mischung aus Schreck und Respekt wich Olli ein paar Schritte zurück. Thilo schlug wie wild um sich. Jetzt kämpfte er! Er wollte diese Felswand zerschmettern, die es wagte, ihnen den Weg in die Freiheit zu versperren!

Immer härter schlug das Schwert gegen das Gestein. Thilo merkte nicht, daß es jetzt nicht mehr so metallisch klang wie am Anfang. Dafür wurde er auf etwas anderes, sehr Seltsames, aufmerksam: Zuerst kaum wahrnehmbar, dann aber mit jedem Schlag stärker leuchtete die Klinge des Schwertes von innen heraus in einem schwachen Blau. Und in diesem Licht entdeckte Thilo, daß er tatsächlich eine kleine Kerbe in den Fels geschlagen hatte!

Er stieß einen Freudenschrei aus. „Jetzt geht's erst richtig los!" brüllte er. „Auf ihn!" Noch niemals hatte Thilo sich so voller Kampfeslust gefühlt.

Wie ein blauer Blitz zuckte das immer heller leuchtende Schwert durch die Dunkelheit.

„Das ist bestimmt ein Zauberschwert", sagte der Bücherwurm ehrfurchtsvoll aus sicherer Entfernung.

Das kann schon sein, dachte Thilo. Doch er war viel zu sehr außer Atem, um seinem Freund antworten zu können. Voller Wucht hieb er die Klinge wieder gegen die Felswand und stellte erstaunt fest, daß sie gar nicht mehr wie Stein, sondern eher wie feste Knetmasse war.

Er holte zu einem neuen Schlag aus. Verwundert merkte er, daß er sogar in der Lage war, ein ganzes Stück herauszuschlagen. Und plötzlich wurde ihm klar: Je entschlossener er kämpfte, desto weniger Widerstand konnte ihm der Fels entgegensetzen!

Noch einmal nahm Thilo alle seine Kräfte zusammen und bearbeitete nun mit ganzem Einsatz die Wand. Das Schwert leuchtete jetzt hell wie blaues Feuer, und die Klinge fuhr in den Felsen wie durch weiches Wachs. „Ich hab's geschafft!" schrie Thilo begeistert. „Ich bin durch! Jetzt muß ich nur noch das Loch vergrößern." Mit ein paar Hieben brach er einige große Brocken aus dem Felsen.

„Toll!" jubelte Olli. „Thilo, das hast du großartig gemacht!"

„Wie hättest du unseren Ausgang gerne – rund, dreieckig oder quadratisch?" rief Thilo übermütig und holte noch einmal kräftig aus. „Ich schneide ihn dir zurecht, wie du ihn ha ... Hilfe!!!"

Der Hilfeschrei verlor sich auf der anderen Seite der Felswand, und ein dumpfer Aufprall folgte.

„Thilo!" schrie der Bücherwurm entsetzt. Er kroch zum Ausgang und steckte seinen Kopf durch das Loch. Draußen blickte er an einer steilen dunklen Wand hinunter. „Thilo! Wo bist du? Hast du dir weh getan? Thilo, sag doch endlich was!"

10

In der großen Stadt, in welcher Thilo zu Hause war, dämmerte der Morgen. Auf den Straßen und Gehwegen standen große Pfützen, und die Dächer der Häuser glänzten vor Nässe. Die ganze Nacht über hatte es geregnet und gestürmt, aber nun ließ der Sturm langsam nach, und aus dem strömenden Regen war ein leichtes Nieseln geworden.

Auch in der Langen Gasse stand das Wasser. Hier hatten die Pfützen sogar einen kleinen See gebildet, aus dem manche Pflastersteine wie kleine Inselchen herausragten.

Als Herr Klingel die Lange Gasse entlangkam, gingen gerade die Laternen aus. Er trat vorsichtig von einem Pflasterstein auf den nächsten, um keine nassen Füße zu bekommen. Unter dem Arm trug er eine Tasche, in der sich unter anderem seine Verpflegung für den heutigen Tag befand: eine Thermoskanne mit heißem Kaffee und ein Gefäß mit Kartoffelsalat.

Vor dem besonders schiefen Haus am Ende der Gasse blieb er stehen und betrachtete wohlwollend sein kleines Antiquariat. Das Messingschild hing heute wieder still und würdevoll an der Stange über der Ladentür. Hinter den niedrigen Fenstern lockten Porzellantassen, antike Lampen, gebrauchte Musikinstrumente und türkische Säbel. Herr Klingel stellte fest, daß auf allem eine bemerkenswerte Staubschicht lag, und murmelte: „Ich muß wohl mal wieder saubermachen."

Er ging die Stufen zum Eingang hinunter, stellte die Tasche ab und zog umständlich einen großen Schlüsselbund aus der Manteltasche. Zweimal drehte sich der Schlüssel knarrend im Schloß, dann betrat Herr Klingel den Laden und machte die Tür wieder hinter sich zu.

In diesem Augenblick hätte er den größten Schreck seines Lebens bekommen können, wenn er bemerkt hätte, wie es hier aussah: Die Leiter stand unaufgeräumt vor dem großen Bücherregal. Daneben lag ein umgekipptes Tischchen und auf dem Boden verstreut das ganze Kupfergeschirr! Aber das Erstaunlichste war – mitten in diesem Durcheinander lag Thilo, der doch gestern abend den Laden verlassen hatte und nach Hause gegangen war!

Weil der Buchhändler gerade seinen Zwicker von der Nase genommen hatte, um ihn zu putzen, sah er von alledem nichts. Statt dessen marschierte er wie an jedem Morgen schnurstracks quer durch den Laden zur hinteren Kammer, um die Kasse und die anderen Dinge wieder herauszuholen, die er am Vorabend dort verwahrt hatte.

Was für ein Glück für Thilo!

Erst als Herr Klingel in der hinteren Ladenkammer hantierte und dabei einigen Lärm verursachte, kam der Junge wieder richtig zu sich. Er war wie betäubt liegengeblieben und versuchte nun stöhnend, sich aufzurichten. Seine Knie schmerzten, und sein Kopf brummte wie ein Hummelschwarm. Er mußte sehr tief gefallen sein.

Mühsam setzte er sich auf und schaute sich um. War hier die andere Seite des Rätselgebirges? Hatten Olli und er nun endlich aus dem Berg herausgefunden?

Was Thilo sah, verwirrte ihn. Er befand sich weder im Freien noch beim Rätselgebirge! Er saß in einem Raum mit vielen Büchern, kleinen Tischen und ein paar Lampen. Etwas weiter entfernt stand eine Holztruhe und – ja, wahrhaftig, ein großer Mohr mit einem Turban auf dem Kopf und einem Kronleuchter in der Hand.

Thilos Augen weiteten sich in ungläubigem Erstaunen: Das war ja der Laden von Herrn Klingel! Er war also wieder in seiner Welt!

Am liebsten hätte der Junge laut gejubelt vor Freude. Aber in diesem Moment hörte er Herrn Klingel mit der Ladenkasse klappern, und ihm wurde klar, daß jetzt höchste Vorsicht und Eile geboten war. Er erhob sich und kletterte die Leiter empor. Jede Bewegung tat ihm weh, doch er biß die Zähne zusammen und kletterte rasch weiter bis zur obersten Sprosse. Dort stand das dicke braune Buch mit dem abgegriffenen Ledereinband im obersten Fach. Thilo betrachtete noch einmal die verschnörkelten Buchstaben:

TURIYA – AUF DER SUCHE
NACH DER VERGESSENEN STADT

Er zog das Buch ein Stück weit heraus, um es besser untersuchen zu können, und bald hatte er gefunden, wonach er suchte: ein winziges Loch auf der Vorderseite des Einbands. Es befand sich fast am oberen Rand des Buches, etwas über dem verschnörkelten T von Turiya. Verwundert erinnerte sich Thilo daran, daß er mit dem Bücherwurm am unteren Rand der Rückseite in das Buch eingestiegen war! Sie hatten es also nicht auf dem kürzesten Weg durchquert, sondern einen großen Umweg gemacht! Ob das an ihrem langen Marsch durch den Felsentunnel lag?

Thilo kratzte sich am Kopf. Es war mehr als seltsam, was er durch dieses Buch erlebt hatte, und vermutlich würde ihm das auch niemand glauben. Oder sollte er am Ende doch alles nur geträumt haben?

Er betrachtete sich das kleine Loch auf der Vorderseite des Buches genau. War das wirklich der Ausgang, den er so mühsam mit dem Schwert geschlagen hatte?

„Olli", flüsterte Thilo, „bist du noch da drin?"

Da erschien das bleiche Gesicht seines Freundes in der Öffnung. Gott sei Dank! Der Bücherwurm war noch da! Also war es doch kein Traum gewesen.

Aus der hinteren Kammer hörte man die schlurfenden Schritte von Herrn Klingel.

„Schnell, komm auf meine Hand!“ flüsterte Thilo eindringlich.

Der Bücherwurm zwängte sich durch das Loch, und der Junge steckte ihn behutsam in seine Hosentasche. So leise er konnte stieg er dann die Leiter wieder hinab und schlich zu der kunstvoll verzierten Holztruhe, hinter der er sich am Vorabend versteckt hatte. Dort lagen noch immer seine Gummistiefel und sein Regenmantel.

Als Thilo die Stiefel anziehen wollte, merkte er, daß er barfuß war – seine Socken hatte er am Ufer des Phántuin vergessen. Hoffentlich fragte seine Mutter nicht danach! Dann schlüpfte er in den Regenmantel, zog die Kapuze über den Kopf und war mit wenigen Schritten an der Tür. Geräuschlos öffnete er sie und lief auf die Straße hinaus – nach Hause.

Nur wenige Sekunden später kam Herr Klingel aus der hinteren Kammer und bemerkte die offenstehende Ladentür. Kopfschüttelnd machte er sie zu – und als er sich umwandte, fiel sein Blick auf das Bücherregal. Wie angewurzelt blieb er stehen und starrte mit offenem Mund auf die Leiter, das umgekippte Tischchen und die auf dem Boden verstreuten Teile des Kupfergeschirrs. Welch ein Durcheinander!

Einbruch, war sein erster Gedanke. Wie gut, daß er seine Wertgegenstände immer in der hinteren Ladenkammer verschlossen hielt!

Liebevoll betrachtete der Buchhändler, was er gerade aus dem sicheren Versteck geholt hatte: die Kasse, die Antiquitäten, an denen er ganz besonders hing, und die dicke Ledermappe mit dem für ihn besonders wertvollen Inhalt – all das hatte der Einbrecher nicht gefunden!

Als er alles wieder an seinen Platz gestellt und sich ein wenig beruhigt hatte, setzte sich Herr Klingel auf seinen geblümten Lehnstuhl und nahm die Mappe zur Hand. „Ja, ja“, seufzte er und betrachtete sie mit traurigem Gesicht. Denn mit dieser Ledermappe hatte es eine besondere Bewandtnis.

Der Buchhändler öffnete sie und nahm den Inhalt heraus. Es waren Buchseiten, die sich im Laufe vieler Jahre aus den alten Büchern gelöst hatten und herausgefallen waren. Er hatte sie stets aufbewahrt, um sie irgendwann wieder einzukleben. Aber mittlerweile hatte er das aufgegeben. Es waren einfach zu viele geworden. Wieder seufzte er tief, dann legte er die losen Seiten zurück und klappte die Mappe zu.

Inzwischen war es Mittag geworden. Herr Klingel stand auf, um das mitgebrachte Essen auszupacken. Da hörte er laute Schritte auf der Straße und trat ans Fenster, um hinauszuschauen. Es war Thilo, der hüpfend und springend die Lange Gasse entlangkam.

Seine Eltern hatten sein Fortbleiben über Nacht gar nicht bemerkt, denn sie waren früh schlafen gegangen und erst spät aufgestanden. Darüber war Thilo natürlich heilfroh. Wie hätte er ihnen auch beibringen sollen, wie er diese Nacht verbracht hatte? Sie hätten ihm bestimmt nicht geglaubt! Übermütig sprang er in eine der übriggebliebenen Pfützen, daß es nur so spritzte.

„Ja, ja, der Junge“, brummte Herr Klingel hinter der Fensterscheibe, „er hat keine Probleme.“ Mit schweren Schritten schlurfte er zurück zu seinem Lehnstuhl.

Draußen hüpfte Thilo abwechselnd auf dem linken und dem rechten Bein. Schließlich sprang er mit einem einzigen Satz die Stufen vor dem Antiquariat hinab und stürmte mit einer Geschwindigkeit in den Laden, die einem Heer angreifender Spiegelwesen durchaus zur Ehre gereicht hätte.

Herr Klingel saß auf seinem Lehnstuhl und aß Kartoffelsalat. Er blickte kaum auf. „Immer hereinspaziert“, sagte er müde, obwohl der Junge schon mitten im Raum stand, „und mach die Tür zu!“

Thilo schloß die Tür und bemerkte das ernste und sorgenvolle Gesicht seines großen Freundes. Was hatte er denn? Doch schon im nächsten Moment glaubte er zu wissen, was Herrn Klingel Sorgen bereitete: natürlich das Durcheinander hier im Laden! Für den alten Buchhändler mußte es so aussehen, als wäre in der Nacht eingebrochen worden. Kein Wunder, daß er so betrübt war.

Der Junge überlegte, ob er erzählen sollte, was wirklich geschehen war. Doch er befürchtete, Herr Klingel wäre nicht gerade begeistert, würde er erfahren, daß nicht nur der Bücherwurm, sondern auch Thilo bei der Wanderung durch Gaiareth Löcher in das

Buch gemacht hatte. Also war es wohl besser, vorläufig nichts davon zu erzählen.

Herr Klingel tupfte sich den Mund ab. „Ein ganz schönes Durcheinander hier, was?“

„Ja, wirklich“, bestätigte Thilo und fügte mit unschuldiger Miene hinzu: „Was ist denn passiert?“

„Einbruch!“ erklärte Herr Klingel kurz.

„Aha!“ Thilo hatte also richtig vermutet. „Sind Sie deshalb so traurig?“

Da huschte zu Thilos Überraschung ein Lächeln über das Gesicht des Buchhändlers. „Aber nein“, sagte er. „Was meinst du wohl, warum ich Abend für Abend meine Wertsachen hinten in der Ladenkammer einschließe? Der Einbrecher hat nicht einen Pfennig aus meiner Kasse auch nur gesehen! Nein, darüber bin ich wirklich nicht traurig.“

„Aber irgend etwas macht Ihnen Sorgen. Das sehe ich Ihnen an.“

„Du hast recht“, sagte Herr Klingel nach kurzem Zögern, „aber ich weiß nicht, ob ich dir das anvertrauen kann.“

„Vielleicht kann ich Ihnen ja helfen? Außerdem ist es gut, wenn man darüber spricht, was einen traurig macht. Und überhaupt, ich bin doch Ihr Freund. Oder etwa nicht?“

Herr Klingel sah Thilo an. „Ja, das stimmt“, sagte er lächelnd. „Du hast natürlich recht. Es tut gut, mit jemandem darüber zu reden, was einen bedrückt. Es sollte aber unter uns bleiben, denn eigentlich dürfte so etwas in einem Antiquariat überhaupt nicht vorkommen. Du mußt mir also versprechen, niemandem davon zu erzählen!“

Thilo versprach es.

„Dann werde ich dir jetzt etwas zeigen“, fuhr Herr Klingel fort. Er erhob sich mühsam von seinem Lehnstuhl und schlurfte zum Bücherregal.

Thilos Herz begann zu klopfen, als Herr Klingel sich anschickte, die Leiter hinaufzusteigen – genau dorthin, wo das Buch über Turiya, die vergessene Stadt, stand. Thilo hielt vor Spannung den Atem an.

Tatsächlich holte Herr Klingel ausgerechnet dieses Buch herunter, legte es auf den Tisch neben dem geblümten Lehnstuhl und schlug die letzte Seite auf. „Sieh mal“, sagte er, „diese Seite war nicht immer die letzte. Hier sind Seiten herausgefallen.“

Thilo hatte Mühe, seine Aufregung zu verbergen.

„Mit diesem Buch hat es angefangen“, fuhr Herr Klingel mit trauriger Stimme fort, „aber inzwischen lösen sich auch Seiten aus den meisten anderen Büchern, manchmal in der Mitte, ein anderes Mal vorne oder wie hier am Schluß.“

„Und woran liegt das?“ fragte Thilo.

„Woran das liegt?“ Herr Klingel klappte das Buch so heftig zu, daß es knallte. „Natürlich an den Bücherwürmern! Diese Tiere sind eine Plage! Es dürfte sie gar nicht geben!“

Es war verständlich, daß der Buchhändler nicht gut auf Bücherwürmer zu sprechen war. Aber konnte es nicht auch sein, daß er sich irrte? Waren nicht auch andere Gründe dafür vorstellbar, daß die Seiten herausfielen? Auch wenn die Bücherwürmer Löcher in die Seiten fraßen – sie herauslösen, das würden sie nie!

Er versuchte, Herrn Klingel das zu erklären, doch der ließ sich nicht beirren. „Was weißt du schon über Bücherwürmer!“ brummte er nur.

Mehr als Sie denken, dachte Thilo.

„So, nun habe ich dir von meinen Sorgen erzählt“, sagte Herr Klingel und stellte das Buch zurück in das Regal. „Du siehst also, so leicht kann man mir nicht helfen.“

Thilo dachte nach. „Haben Sie die herausgefallenen Seiten denn aufbewahrt?“ fragte er.

„Aber ja! Soll ich dir zeigen, wie viele es sind?“ Herr Klingel nahm die dicke Ledermappe und öffnete sie: Es war ein beachtlicher Stapel.

Thilos Herz klopfte bis zum Hals. Unter diesen Blättern mußten sich auch die Seiten mit dem Ende des Krieges von Gaiareth befinden. „Man könnte sie doch einfach alle wieder einkleben“, schlug er vor.

„Ach, Junge." Herr Klingel ließ sich seufzend auf seinen Lehnstuhl fallen. „Das ist eine sehr schwierige und mühselige Arbeit. Die Seiten müßten zunächst einmal geordnet werden, weil sie durcheinanderliegen. Das heißt, man muß sie alle lesen, um zu wissen, zu welchem Buch sie gehören. Und dann das Kleben! Dazu sind meine Augen zu schlecht und meine Hände zu ungeschickt!"

„Meine aber nicht", sagte Thilo. „Ich mache das für Sie. Darf ich?"

Am liebsten wäre Herr Klingel von seinem Lehnstuhl aufgesprungen, aber sein Rücken erlaubte ihm so etwas nicht mehr. Seine Augen aber leuchteten. „Würdest du das wirklich für mich tun? Das wäre großartig! Das wäre ganz wunderbar!"

Es war keine Frage, daß Thilo sich sofort an die Arbeit machte. Und als erstes Buch nahm er sich natürlich das über Turiya vor.

In den folgenden Tagen verbrachte Thilo viele, viele Stunden in Herrn Klingels Laden. Dabei faßte er irgendwann den Mut, von seinen Abenteuern und seiner Freundschaft mit dem Bücherwurm zu erzählen. Herr Klingel glaubte ihm, war nicht einmal böse, und – was das Schönste war – er freundete sich sogar mit dem Bücherwurm an. Er machte ihm außerdem noch ein sehr großzügiges Angebot: Olli durfte in Zukunft sicher vor Verfolgung ein eigenes Regal bewohnen und nach Lust und Laune Bücher durchbohren, alte Bücher natürlich, die Herr Klingel eigens für diesen Zweck aussortieren wollte. Auch seine Artgenossen sollten dorthin ziehen. „In Zukunft stehen alle Bücherwürmer dieses Ladens unter meinem persönlichen Schutz", versprach Herr Klingel. Thilo und der Bücherwurm strahlten um die Wette. Und zum Dank lasen und ordneten die beiden um so eifriger die losen Seiten.

Als sie die fehlenden Seiten aus dem Buch von Turiya beisammen und in die richtige Reihenfolge gebracht hatten, klebten sie alle so sorgfältig wieder ein, daß sie wohl nicht mehr herausfallen würden.

Dann war es endlich soweit: Vor ihnen lag das vollständige Buch. Mit klopfendem Herzen las Thilo Herrn Klingel und dem Bücherwurm den Schluß der Geschichte vor.

11

Hinter der weiten Ebene von Taoth ging die Sonne unter. Im Gegensatz zu den letzten Tagen, als hier wieder heftige Schlachten getobt hatten, war es heute still und friedlich. Die Ebene lag völlig verlassen – bis auf eine einsame, dunkelgekleidete Gestalt in der Nähe des Tempels der tausend Murmeln. Es war die alte Magierin, die einen Abendspaziergang am Phántuin entlang machte.

Seit einigen Tagen war sie von einer seltsamen Unruhe erfüllt. Sie fühlte sich geradezu gedrängt, den Tempel zu verlassen, um sich ein wenig zu bewegen. Ständig zerbrach sie sich den Kopf darüber, ob sie wohl jemals erfahren würde, was sich hinter dem alten Wissen von Turiya verbarg. Und dann war da noch die viel größere Sorge, ob der Krieg jemals ein Ende finden würde.

Die letzten Sonnenstrahlen des Tages brachen sich in den Murmeln des Tempels und ließen ihn in allen Regenbogenfarben schillern. Nerima beschloß, kurz zu rasten, um dieses Schauspiel in Ruhe bewundern zu können.

Sie wollte sich gerade auf einen großen Stein am Ufer des Flusses setzen, als etwas anderes ihre Aufmerksamkeit erregte: ein Stück Holz, das mit der Strömung des Phántuin an ihr vorbeitrieb. Im Licht der untergehenden Sonne konnte die Magierin Reste von Einkerbungen darauf erkennen, die wie Schriftzeichen aussahen.

Das wollte sie genauer wissen. Sie erwischte das Holz gerade noch. Weil sie aber in der Dämmerung nicht mehr erkennen konnte, ob es sich wirklich um Reste von Schriftzeichen handelte, nahm sie es mit und kehrte zum Tempel zurück.

Das Holzstück erwies sich als völlig durchfeuchtet und fast vermodert. Es mußte schon sehr lange im Fluß getrieben sein.

Als es etwas abgetrocknet war, untersuchte die alte Frau das Holz vorsichtig. Dabei stellte sie fest, daß die Einkerbungen tatsächlich Schriftzeichen waren, die irgend jemand einmal eingeritzt hatte. Sie begann, die Zeichen behutsam nachzuziehen – und heraus kam eine Inschrift, die sie grenzenlos erstaunte:

AN DIE ALTE MAGIERIN

TURIYA IST NUR IN UNS SELBST ZU FINDEN

Es dauerte lange, bis Nerima es fassen konnte, daß für sie eine Nachricht aus offenbar uralten Zeiten eingetroffen war, und bis sie in der Lage war, sich dem Inhalt dieser Nachricht zu widmen. Und dann vermochte sie zunächst überhaupt nichts damit anzufangen. Denn wenn tatsächlich jeder Turiya in sich trug und somit auch das alte Wissen, das man bisher immer verloren geglaubt hatte, dann brauchte man ja nur tief in sich hineinzuhorchen, um das alte Wissen zu erfahren! Und das konnte sie sich beim besten Willen nicht vorstellen! Trotzdem beschloß sie, es auszuprobieren.

In den folgenden Tagen machte sie längere Spaziergänge am Phántuin als bisher. Und dabei horchte sie aufmerksam in sich hinein.

In der ersten Zeit hörte sie nichts. Zuviele Gedanken trieben sie um. Doch dann nahm sie eines Tages, zum ersten Mal seit langem, wieder die Stimme ihres Selbst wahr: ein leises, aber bestimmtes Empfinden tief in ihrem Inneren. Von dieser Stimme hatte sie schon viele gute Hinweise bekommen, wenn sie darauf gehört hatte. Ob es sich dabei um das alte Wissen handelte, von dem die Inschrift auf dem Holzstück kündete?

Nerima hörte ihrem Selbst genau zu. „Schau in den Fluß", vernahm sie.

Das ist ja interessant, dachte die alte Magierin. Neugierig geworden, setzte sie sich auf einen Stein am Ufer des Phántuin. Es war zufällig derselbe, auf dem sie vor wenigen Tagen schon einmal gesessen hatte. Sie sah in das Wasser und war gespannt, was nun geschehen würde. Vielleicht würde eine zweite Botschaft vorübertreiben?

Sie saß da, wartete und betrachtete alle schwimmenden Holzstückchen ganz genau, aber es schien keine Botschaft aus der Vergangenheit mehr dabeizusein. Statt dessen geschah etwas anderes.

Ihr wurde zunehmend bewußt, daß der Fluß selbst überhaupt keine Zeit kannte, obwohl all diese Holzstücke unaufhaltsam von der Vergangenheit in die Zukunft getragen wurden. Er war überall gleichzeitig: weit hinten im Rätselgebirge und in den Wäldern der Winde – in der Vergangenheit ebenso wie in der Zukunft. Dennoch war er stets im Jetzt, in der Gegenwart, und für ihn waren Zukunft und Vergangenheit ebenso eins wie einerlei. Ja, eigentlich gab es letzten Endes nur das Jetzt. Hier und jetzt spielte sich das Leben ab. Zukunft und Vergangenheit waren nur Symbole unserer Gedanken.

Nun erschien der alten Magierin die Gegenwart plötzlich in ganz neuen Farben. Sie hörte den Fluß heller plätschern und die Vögel fröhlicher singen. Sie spürte die Wärme der Sonnenstrahlen angenehmer und fühlte den leichten Wind deutlicher auf ihrer Haut. Sie sah so klar wie schon lange nicht mehr, wie weiß die Wolken waren und wie tiefblau der Himmel. Und in allem, was sie wahrnahm, erkannte sie die Botschaft, daß jetzt, in diesem Augenblick, alles Sein miteinander in Verbindung stand. Auch sie selbst war mit allem verbunden – solange sie in der Gegenwart blieb und sich mit ihren Gedanken nicht wieder in die Zukunft oder Vergangenheit verirrte.

Die alte Frau wußte nicht, wie lange sie dort am Fluß gesessen hatte, als sie endlich aufschaute und dabei das Gefühl hatte, aus einem langen Schlaf erwacht zu sein. Die Gegenwart schien sich zur Ewigkeit ausgedehnt zu haben und hatte die Magierin völlig in ihren Bann gezogen. Sie hatte erlebt und gefühlt, was Einssein mit allem ist.

Nun war ihr auch klar, welche Bedeutung in früheren Zeiten die große Eingangshalle im Tempel der tausend Murmeln für die Menschen in Gaiareth gehabt haben mußte. Wer diese Halle betrat, wurde daran erinnert, daß alle Lebewesen Fenster waren, durch die das eine Licht schien. Wer hätte gedacht, daß das alte Wissen so einfach war?

Nerima empfand tiefe Dankbarkeit und grenzenlose Liebe zur ganzen Schöpfung und vor allem für die zerstrittenen Bewohner von Gaiareth. Sie wünschte sich sehnlichst, daß auch sie alle diese Erfahrung irgendwann einmal machen würden. Doch dazu mußten sie erst einmal mit ihren sinnlosen Kämpfen aufhören, und das könnte wohl nur durch ein Wunder geschehen!

Dieses Wunder ereignete sich tatsächlich. Es war einige Tage später, als die alte Magierin von lauten Rufen vor dem Tempel geweckt wurde. Sie trat ans Fenster und erstarrte vor Staunen. Die gesamte Bevölkerung von Taoth, einschließlich der verfeindeten Parteien, hatte sich in der Ebene vor dem Tempelberg versammelt.

„Alles-Was-Ist hat den Phántuin versiegen lassen!“ riefen sie zum Turmzimmer empor. „Kannst du uns sagen, was das zu bedeuten hat und was wir tun sollen?“

Es war tatsächlich wahr. Der Fluß führte kein Wasser mehr, das Flußbett war völlig ausgetrocknet.

Die Magierin war ebenso verblüfft wie die Einwohner von Taoth, aber sie reagierte schnell. „Stellt sofort die Kämpfe ein und hört für immer damit auf! Kommt alle in die Vorhalle des Tempels! Ich will euch dort etwas zeigen!“ rief sie ihnen zu. „Versprecht ihr mir das?“

„Ja, wir versprechen es“, antworteten die Leute. Der Fluß war für sie lebenswichtig, denn nur von ihm bezogen sie ihr Trinkwasser. „Wir versprechen alles, wenn nur der Phántuin wieder fließt!“

Nachdem sich alle in der Halle der Erleuchtung versammelt hatten, erzählte die alte Magierin, was sie erlebt und gefühlt hatte. „Betrachtet aufmerksam die Fenster“, sagte sie, „schaut sie euch ganz genau an und denkt daran, daß jeder von euch auf seine Weise ein Fenster ist.“

Da erging es ihnen ebenso wie Nerima. Sie erkannten plötzlich, daß sie vieles vergessen hatten, was früher einmal selbstverständlich gewesen war. Sie spürten, daß es für jeden die Chance gab, das alte Wissen wieder zu erlangen und die ihm innewohnende Weisheit zu erfahren.

Und siehe da, als sie den Tempel verließen, füllte sich das Flußbett des Phántuin langsam wieder mit Wasser. Zunächst war der Fluß nur ein kleines Rinnsal, doch schon bald strömte er wieder ruhig dahin, als wäre nichts geschehen.

Von diesem Tage an begann in Gaiareth ein neues Zeitalter, in dem jeder wieder Zugang zum alten Wissen hatte. Es war fast so, wie es früher schon einmal gewesen war – und doch bestand ein entscheidender Unterschied: Die Menschen wußten nun, daß die Einheit mit Alles-Was-Ist und seiner Schöpfung nicht an einen Ort gebunden war, auch nicht an den Tempel der tausend Murmeln. Als sie das verstanden hatten, erkannten sie, daß jeder von ihnen sich mit allem eins fühlen konnte, wenn er nur bewußt in der Gegenwart lebte.

12

Als Thilo zu Ende gelesen hatte, war es lange still im Antiquariat. Nur das Ticken der alten Standuhr war zu hören.

Der Bücherwurm fand als erster die Sprache wieder. „Beim grünen Ypsilon, das ist ein Ding!"

„Es ist wirklich erstaunlich", stellte Herr Klingel fest. „Eure Botschaft hat die alte Magierin tatsächlich erreicht!"

„Aber wie kann das sein?" wunderte sich Thilo. „Diese Seiten waren doch längst herausgefallen, bevor wir in das Buch eingestiegen sind! Stand dieses Ende der Geschichte denn schon damals fest?"

Darauf wußte Herr Klingel keine Antwort. „Nun ja", sagte er, „ich habe die losen Seiten nie gelesen. Ich weiß es wirklich nicht." Nach einer Weile fügte er hinzu: „Vielleicht ist dies mit unserer Vorstellung von Ursache und Wirkung überhaupt nicht zu verstehen."

„Wie bitte?" fragte Thilo.

„Na ja, in diesem Fall war eben die Wirkung, nämlich das Ende der Geschichte, vor der Ursache da. Oder ihr habt etwas verursacht, was eine verändernde Rückwirkung auf das vorher schon herausgefallene Ende hatte …"

Thilo versuchte zu verstehen, aber seine Gedanken begannen sich wieder einmal hoffnungslos zu verheddern. „Hören Sie bloß auf!" rief er. „Da komme ich nicht mehr mit."

„Ich versteh's ja selbst nicht einmal", gab Herr Klingel zu.

„Etwas wüßte ich noch gerne", sagte Thilo. „Wie konnte der Phántuin plötzlich aufhören zu fließen? Das kann ich mir überhaupt nicht vorstellen."

Der Bücherwurm sah Thilo erstaunt an. „Weißt du das wirklich nicht?" fragte er. „Du warst es doch selbst, der die Quelle zugehalten hat. Ich weiß zwar auch nicht, warum der Fluß gerade an diesem Tag zu fließen aufgehört und genau im richtigen Moment wieder angefangen hat. Vielleicht war es ja Zufall, aber bewirkt hast es auf jeden Fall du!"

„Ich habe doch nur ganz kurz zugedrückt", meinte Thilo ungläubig.

„Kleine Dinge, die man in der Vergangenheit getan hat, haben oft große Auswirkungen in der Zukunft", erklärte der Bücherwurm weise.

Und wieder hatte Thilo das Gefühl, daß er das alles niemals verstehen würde.

„Nun, wie dem auch sei", sagte Herr Klingel und erhob sich schwerfällig von seinem geblümten Lehnstuhl, um die Thermoskanne mit Kaffee aus seiner Tasche zu holen, „ich danke euch beiden jedenfalls ganz herzlich für eure Arbeit. Ihr seid mir eine große Hilfe gewesen!"

Während er in Ruhe seinen Kaffee trank und Thilo mit dem Bücherwurm noch über ihr gemeinsames Abenteuer sprach, wurde es langsam Abend, und schließlich war es dunkel geworden. Die alte Standuhr schlug siebenmal, und wie immer um diese Zeit holte Herr Klingel seine an einer dünnen Goldkette befestigte Taschenuhr hervor und zog sie auf, nachdem er die Zeit verglichen hatte. „Sieben Uhr", sagte er. „Thilo, es wird Zeit für dich, nach Hause zu gehen."

Der Junge und der Bücherwurm sahen sich an.

„Wie ist es, hast du Lust, noch einmal mit nach Gaiareth zu kommen?" flüsterte der Bücherwurm so leise, daß es Herr Klingel nicht hören konnte. „Ich will heute nacht das Buch noch einmal lesen, aber dieses Mal von vorne."

Thilo überlegte kurz und schüttelte dann den Kopf. „Vielleicht ein anderes Mal", sagte er, „heute abend möchte ich nach Hause." Selbst erstaunt darüber fügte er hinzu: „Ja, ich möchte wirklich gern nach Hause! Komisch ..."

Thilo verabschiedete sich, und als er fröhlich die Lange Gasse entlang nach Hause rannte, sah ihm Olli, der Bücherwurm, lächelnd hinterher. „Jetzt hat er tatsächlich in seine Welt zurückgefunden", sagte er zu sich selbst. „Beim grünen Ypsilon!"

Waltraud Kirschke

geboren 1954, Studium der Biologie und Theologie, lebt in Hamburg, ist verheiratet und hat zwei Kinder. Nach kurzer Tätigkeit als Lehrerin gilt ihr Interesse heute der Kunst und dem Schreiben. Darüber hinaus veranstaltet sie Workshops und hält Vorträge, in denen sie den Zugang zur eigenen Kreativität durch Bilder, Märchen und Träume vermittelt.